女人森林

Lady Cards

颜桥 著
Darcy 绘

作家出版社

图书在版编目（CIP）数据

女人森林/颜桥著．-北京：作家出版社，2010.8
ISBN 978-7-5063-5237-6

Ⅰ．①女… Ⅱ．①颜… Ⅲ．①短篇小说-作品集-中国-当代 Ⅳ．①I247.7

中国版本图书馆CIP数据核字（2009）第240087号

女人森林

作者：颜桥 著 Darcy 绘
责任编辑：李宏伟
装帧设计：任凌云
出版发行：作家出版社
社址：北京农展馆南里10号 **邮码**：100125
电话传真：86-10-65930756（出版发行部）
86-10-65004079（总编室）
86-10-65015116（邮购部）
E-mail：zuojia@zuojia.net.cn
http://www.zuojia.net.cn
印刷：紫恒印装有限公司
成品尺寸：145×210
字数：150千
印张：10
印数：001-10000
版次：2010年8月第1版
印次：2010年8月第1次印刷
ISBN 978-7-5063-5237-6
定价：33.00元

守林人
【判】
吃掉苹果 轻装上路
【令】
罚座中任意酒客饮三杯
亚当Adam

李琪专为本书作词

女人森林

睁着眼睛幻听

打开耳朵幻影

构思别人的剧情

有人日久生情

有人厌旧喜新

幸福都是非卖品

每个女人都是一片森林

用一棵树的姿态等爱降临

渴望谁能够在她的世界穿行

从此只守候她这一道风景

李琪：知名填词人。代表作：陈琳《爱就爱了》，刘若英、杨坤《24楼》。本词为李琪为本书而作同名歌曲《女人森林》部分，将由神秘艺人演唱，敬请期待。

序一：女人森林之魅惑

张抗抗

《女人森林》写什么——女人们。然而，如今记述女人生活的小说，连女人自己都讲腻了。这位名叫颜桥的青年男作者，还能讲什么？

《女人森林》怎么写——如今小说文体几乎已被穷尽。而颜桥这位后来者，却在奇思妙想中，笃悠悠架起了一座森林里的空中走廊。

小说结构和叙事语言，妙趣横生。用规范的语言测评：有创意。

估计读者很少能与这样的小说相遇，它也许可称为“卡片小说”——每一个章节，都像一张扑克牌，可以随意抽取；每一个单篇，讲述一个独特的女人故事，每一个断面，都是当下女性生活的病理切片。每一个她，都被冠以形象化的称谓，同时也被抽象为一种特征和意念，令人一目了然，过目不忘。若是将几十张牌排列联结起来，便构成了今日女性生存生活形态的人物画廊。这样的小说样式是一种“有意味”的形式：生活的多样性，已将以往的整体感和统一性悄然消解；每一个女人，正以各自不同的方式选择人生，迅速老去，或是艰难重生。

女人森林——那些游荡沉浮于都市的年轻女人，犹如缠绕浸淫在森林的氤氲与雾气里，一株株芭蕉橡胶木瓜椰子，汇成一片蓬勃鲜活的热带雨林，湿漉漉黏乎乎地立在眼前，“高清”而又高深。

男人写女人，其实与经验无关，而与眼光和指尖有关。

颜桥似有一双冷眼：眸子里像是安了一个CT磁头，将女人的身心一截截一层层扫描，无情透视着女人琐细的日常生活；尖利的目光如箭穿射，将女人的满腹心事，惆怅虚荣犹疑焦虑，一一收录眼底。

颜桥却有一双温热的手指：无论靓女丑女才女，不幸落在他笔下（一键之下），由衣饰而肌肤而腑脏，一键一键接近真相，美体的瑕疵与弱点均一览无余。在他淡淡的调侃与冷冷的嘲讽中，女人无地自容。就在女人跺脚闭眼，意欲跳下悬崖的那一刻，他却轻轻收手，万般怜惜地将女人留在了键盘上。

男人写女人，并非取决于阅历，而取决于理解。颜桥曾说：男人其实是用鼻子去触摸女人的气息，徘徊在女人每一个触感的末梢。

还有书中那些“螃蟹女”“孔雀女”“半瓶子醋女人”的好玩插图，这一套“心情卡片”，更是一次图文并茂的体验。读者穿过幽暗斑斓的《女人森林》，可在林立的“牌阵里”，感受并体验女人的悲欢。

而颜桥，仍在一次次洗牌。男性与女性间的那座桥，谓之桥牌。

序二：男人沼泽的最后一个气泡

张一白

刚开始看到书稿，我以为自己看错了，现在虽然是森林砍伐泛滥的时代，你丫也不能都叫森林：《挪威的森林》，《重庆森林》，《口红森林》，好了，现在多了一部《女人森林》。

考究起来，每一个男人心里都有一副荷尔蒙分泌出来的扑克牌，这是陷入沼泽男人的最后一个气泡，如果他不喊救命，那么这个气泡还是送给女人的，这是女人乱世里男人天真的幻想，做一副自己的女人扑克牌，把女人抽象成游离态的元素，这里任何一个女人都没有清晰的面孔，混沌为一团雾气，却可供给千古男人凭吊登临。

每个男人做女性纸牌的标准也不同，小颜选择一个在男人和女人之间的中性地带。这也是一副男闺蜜扑克牌，男闺蜜，静如处子，动如脱兔，稳如鸡蛋，落如雹子，他是一种情绪化的小兽，现在，他闯进一片女人的森林，把女人和男人的世界彻底多元化，他看到女人内心的某个黑洞，迅速钻进去，那些情感问题和爱情问题被升级为女性话题，作者用隔离的方式去叙述女人的欲望。

我喜欢的那个一键通女人更像是机械复制时代的女版卓别林，她被卡死在一种技术黑箱的齿轮上，两生花女人看得出模仿基耶斯洛夫斯基的痕迹，但更日常化。肥皂剧女人是肥皂剧伦理的产物，她是坚强却脆弱的，尤其是女郎部对消费文化的描述，更像是描述消费洪流里的“物”，女人因为消费而成为女人，包、香水乃至高跟鞋，从地平线到海拔几英寸，女人自身也成为“物”的趋势。

但这阻挡不了作者对女人细胞的侵入，他借用一种乐活的力量去描述女性，也不同于以往的女性主义，他是中性的，他是无欲望的、同感的和温和的，这些绵密的叙述溶解掉女人的坚强、信念、理想、幸福感、身体……现在都尘归尘、土归土，这只是一个男人的发散联想，这只是一个从家到办公室男人可能经过的女性方舟。

我们不必要苛求每一个角色形象的丰满，这就一部“澡堂小说”，你未必要从头读到尾，它像北京的地铁一样挨挨挤挤地混杂各种女性，有的故事没有开始也没有结束，有的故事似乎结束，又重新开始，有的故事没有开始已经落幕，这才是真实的女人的冷暖人生，它不是戏剧，而是鲁迅所谓sketch，它在速写里拉开一部新的“白领社会”。

最后，我要对把四个男人（闺蜜男、蓝颜男、草食男、纯爷们儿）画成一群动物表示抗议，但我觉得男人草食化会不会是不可阻挡的潮流？至少可以酝酿出一部新的男人的森林。

是为序。

自序：写副女人牌送闺蜜

早几年，我写不了这本《女人森林》。那时，我拉过手指的异性朋友不超过五个（包括妈妈和女友在内），我习惯低着头和女生说话，在感到羞涩之前，强作正经。我那时候，是“纯爷们儿”。

后来我换掉原来的工作，开始和时尚圈子有了瓜葛，身边的异性忽然多起来，各色品种，涂绿指甲的、喷香水的、接头发的、拎名包的、搞二婚的、做模特的、当主持的、弄音乐的、写剧本的、做动画的、当记者的……我以前接触的所有的女人加在一起还不够个零头的，我的异性缘忽然特别好起来，我成了一部永远向您开放的私人情感热线，或者说一个接纳的树洞，一个时尚的牧师，一个可以信赖的男闺蜜。男闺蜜，是一种夙命。

我希望她们不怪我去“临摹”她们的生活，如果你可以把身边大部分朋友编成一副有代表性的牌，可以有机会送给她们，大家围着旧时的月色谈天，并无大起大落的欢喜悲伤，这样的感觉正是我需要的。

一个男人和一个女人的相遇，可以是PASS，也可以是INTO。我发现很多时候，男性作家在描写女性的时候，当你身体上“得到”一个女人，就已经可以PASS了。那些贤惠的妻子只是一个男人的理想符号，这是你对女性的期待，并不是进入和了解。

男闺蜜呢，INTO是进入女人的内部，比女性更细腻地知觉女性，自然，那个世界比想象里要更加庸常琐碎。这是男人第一次进入女性的领空，用比女性更绵密的敏感去捕捉女性，我确信，文字背后的那份敏感，是我个人的特质所在。

其实，每一个都市男人都有一个女儿国的梦想：如果忽然把地球上的男人都剔除掉，剩下的主角就是这本书中这些“脸谱化”的女人，她就隐藏在你的家和去办公室的路上。早年看一部法国电影，很喜欢里面绑匪说的话：我是用占领一棵树木来占领一片森林，是用占有一个女人来分享所有女人。在这五十四张牌里，只有四个男人，他们更像是女人国度的侵入者，现在用酒牌卡片的形式来包装，无非是希望你在喝酒的同时想到女人，男人在这本书里基本是一个旁观者，他们永远进入不了那个陌生的女人城堡。

用如何的形式去描述这个庞大的女人社会？我希望每一张牌都是城市女人的一种人生状态，比如我笔下的乌龟女子，虽然缓慢前进，但依然快乐，两生花女子是岔路口的女人，孔雀女子只活在他人的记忆瞬间的切片里，一键通女子是现代都市女人失去控制力的征兆，螃蟹女子不开心是因为“这个世界一半人比我们过得好”……

我写完了各种女人“符号”后才发现，不幸的女人占了绝大部分，真正的幸福往往是短暂的，女人被各种物化和精神化的链条捆绑，在牌局里挣扎，但有的已经完全感觉不到了，这是一片女人的梦想的森林，当早上的阳光照耀，每一张牌都困在自己的“时光”里面，每一张牌也在顽固抵抗自己的时光。

我笔下没有理想的女人，没有现实的女人，没有物质的女人，也没有精神的女人，我更愿意用“尚待实现的女人”来表达，好像一朵花的绽放，很多种子都没有按它们的理想去开花，但内心的种子并不消亡，每一个女人都是都市里的种子，我把它们种在一个理想的国度，这次我不想玩文艺青年的那些叙述套圈，我只想写一本女人读物，它被包装成一种喝酒的卡片，被当成一种心情的信用卡，她们拥有一定赌博的额度，从一文钱到九万贯，但她们的价值不同于男人的一英镑、一美元、一卢布、一日元，她们象征着我内心的寂寞，是贾宝玉看到大观园女孩渐渐老去的寂寞，结婚生子像盛开的极点，花朵开始凋零，如日本电影《浮云》结尾的俳句：花儿的生命是短暂的。

终成这样的一本“书”，这也是一种可以流行的反思社交和人生的社交游戏，五十四张牌戏，是人生的流水席，车如流水马如龙。

是为序。

目 录

女子部

女郎部

候补部

【女士部】

女士者，为职业或癖好所困之女性也。

无量数

WHAT女士

【判】隔墙有耳 隔岸观火

【令】喜看热闹者饮

WHAT女士拥有女性的所有好奇心，同事结婚、升迁或者离职，她都要一一向老公汇报，老公并未如她那么好奇，只是唔地应和一声……另一个方面则多少转移了一部分自己的烦恼，这正是中国人的号外式的生活哲学。

中学英文教师会告诉你 WHAT 和 HOW 在英文里的区别，诸如带不带宾语，但此处 WHAT 女士与此类语法并无关，乃是从女性心理学的角度划分女人天性的一个属性，有一类女子看到事情便有灵光一闪：WHAT!

WHAT 女士便出现了，她对任何“WHAT”都充满好奇，不加逻辑，也无“因果律”的介入。诸如许多人在围观，她脑海里本能地闪过：WHAT!

WHAT 女士兴致勃勃地围上去，人群的中央一男一女在打架，大家看着劝上一两句，而 WHAT 女士从未想男女双方孰是孰非的问题，她只是“围观的动物”，这个“WHAT”在几分钟里随着人群散去，烟消雾散。新的“WHAT”又会立刻产生，WHAT 女士是一个天生的好奇者，她最先发现远处楼上着火了，只是惊讶叫唤：

“看！看！着火了。”惊得四邻惊起：“哪？哪！”她用手一指，离着她指的方向，一公里的地方，一小点红色。

WHAT女士是所有突发事件的天然旁观者，楼道漏水，施工停顿，的哥罢工，油价上涨，物业公司轮替，大米未如以往那么白了，出租车抢劫的比例升高了，医疗保险越来越不保险了……WHAT女士对所有的“WHAT”一律操心，对着报纸的数据叹气，她觉得社会风气越来越坏，自己备感不安，惶惶如蝼蚁，却未必可以找到解决之道。

那个“WHAT”是动漫里弥漫的云团，从不知道的角落里“冒”出来，上面标记着人那一瞬间的台词，另一瞬间，对白可能会随时被更改。每个走在路上的人也会莫名其妙地冒出一朵云团：WHAT。

WHAT女士和她的老公战战兢兢地生活在一套租来的小公寓里面，每天和大多数人一样朝九晚五地上班。WHAT女士拥有女性的所有好奇心，同事结婚、升迁或者离职，她都要一一向老公汇报，老公并未如她那么好奇，只是唔地应和一声，并不用是或非来推搪，这个两可的“唔”有点中庸的道理，到头来她却是把报纸式的标题朗诵了一次。

交换这类信息的好处，在于确定自己的位置和行为，另一个方面则多少转移了一部分自己的烦恼，这正是中国人号外式的生活哲学。诸如老张离婚了，换成常理，如老张这般如胶似漆的人也离了，我等之类反倒成了幸运的一方，心理上降低了自己的焦虑程度，WHAT哲学并不过度追求不幸的根源，而只是在于“发现”，善于发现降低自我焦虑的事件，对信息的来源不必加以考察，它是一种更加广泛的精神胜利法。

WHAT 女士看见扎堆的地方总会有种“围观”的欲望，凑着耳朵过去听，WHAT！WHAT！WHAT！耳朵对信息总是饥渴的，像黑暗里遇到火光，WHAT 女士总是用女人的好奇来搜索世界，而她的老公是完全堵住耳朵过日子的人，她的好奇之火总会被无情地扑灭，然后又在新的条件下燃烧。WHAT 本能地如野草在生长，看见两个低头窃窃私语的人，WHAT 女士会上前去问一句：什么？于是另一场接头运动开始，获得信息的那一方有一种好奇满足的快感，只有伊的老公会满面愁容，这是不是女人的某种天性？

WHAT！WHAT 女士的招牌动作是将耳朵凑过去，用手在耳边摆出个倾听的姿态，面部带有安静平和的微笑，那些消息从这边耳朵进去，接着又从那边耳朵出来，WHAT 女士睡觉前早已经把白天的事情洗得一干二净，准备上床睡觉，忽然，听到楼底下的喧闹声，顾不得鞋子都没穿就跑到阳台去看，正对着她的楼，一位拿着望远镜的女人正津津有味地观看着……

万万贯

HOW女士

【判】因果循环 乐极生悲

【令】性多疑者饮

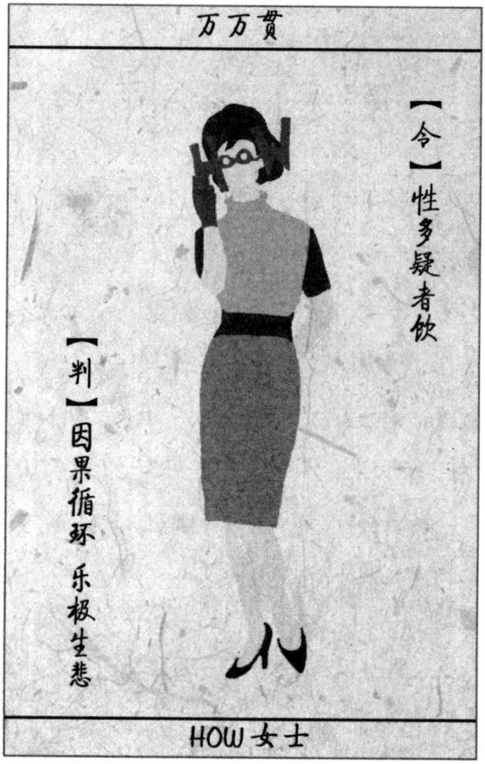
万万贯
【令】性多疑者饮
【判】因果循环 乐极生悲
HOW女士

A 和 B 是肯定存在联系的，这个如何存在联系就是 HOW，A 即使不和 B 联系，也会和 C 联系，所以即使你不和张三有关系，那么一定会和李四发生关系，这是因为事物是普遍联系的。

拿着望远镜看着楼底下的女人正是 HOW 女士，HOW 女士是女人里因果法则的推动者，苹果是如何落地的？牛顿想落地的。A 和 B 是肯定存在联系的，这个如何存在联系就是 HOW，A 即使不和 B 联系，也会和 C 联系，所以即使你不和张三有关系，那么一定会和李四发生关系，这个世界就这么巴掌大的地方，你能没个什么风吹草动的让我看在眼里吗？

HOW 女士的所有推理都来自这里，A 和 B 居然从同一栋楼里出来，虽然住在不同的楼层，但相视一笑，似有暧昧的事发生，即便没有暧昧的事，你看，A 和 B 鬼鬼祟祟，似乎出门在某个地方有某个私会。一定是这样的，不会错的！一定是这样的，就是这样的！

HOW 女士不惜以最恶毒的揣测找到人和人的蛛丝马迹，她在阳台上搁着一排玻璃瓶，里面有铁观音、绿茶、咖啡、奶粉等，你可以一边喝着东西，一边像看电影那样欣赏楼下的风景。

H 今天没出门，HOW 女士跟踪了 H 许多天，她发现 H 有时候老在两座相邻的楼里走来走去，而且有个孩子经常在楼下喊着 H 的名字，难道——HOW 女士又发现孩子从来不进 H 住的那座楼，有时候孩子在楼下喊了大半天，过了一阵，才发现 H 穿着人字拖很缓慢地下楼，难道——HOW 女士用高倍的望远镜观察那个楼层的窗户。

H 经常坐在窗帘正对的沙发上抽烟，一抽就是两个小时，也不和任何人说话，只是低着头，吐着烟圈。还有一次，HOW 女士居然发现，H 正和对面那个楼里的女人打架，那个女人拿着菜刀就追出来了，H 吓得绕着沙发走，面如土色，HOW 女士倒上一杯速溶咖啡，慢慢地品味着这一刻惬意的时光，她忽然推断出：那个孩子正是 H 的私生子！HOW 女士忽然想起两个月前她无意问那个孩子，你爸爸来接你啦！孩子忽然很快地摇了摇头，说：那不是我爸爸，是叔叔！她当时一阵狐疑，现在终于真相大白！终于终于终于终于……真相大白！

H 真是个有趣的人，把私生子都接到最危险的地方住，他的老婆能愿意吗？那个孩子能被接受吗？HOW 女士觉得自己要是那个老婆，她要拿菜刀剁他！要是外面的那个女人，也要拿菜刀剁他！总之，女人是最可怜的，HOW 女士想到这里，眼眶也会很湿润。

她的男人走了，给她留下一套空落落的房子，她几乎不敢呆在屋里，阳台成了她唯一喜欢呆的地方，阳台上一把老藤椅，难道你坐在那晒太阳吗？她有时候会觉得寂寥，现在好了，观察成了她的职业，把人物确定，通过“观察”分析，你能得到许多的结论。W每次买菜都大包小包地拎着，很少见到买肉，当然只是在肉眼能分辨的状态下。没有发现“肉”，难道她家信佛？穆斯林？HOW女士脑海里能自由联想出无数个肥皂剧里的情节。

看见Y经常被一辆高级跑车接走，晚上又是那辆高级跑车送回来，且她家并无任何男丁，由此HOW TO WHY——这是个可怜的二奶！HOW女士得出结论会充满快感，好像发现新大陆一样快乐！对面的楼上，几乎少有拉窗帘的习惯，整个楼就像一个透明的玻璃盒子，里面的人卑微地生活着，阳台打盹的，客厅抱头痛哭的，激情砸碗的，阳台接吻的，这些盒子里的生物在盒子里面和盒子外面有着截然不同的生态。K在外面是一副西装革履的样子，可是在家的阳台上穿着红得发嗲的大裤头，吊着膀子，一板胸毛的样子，真是不能想象：他脱了衣服是这个鸟样子！

HOW女士的阳台接着天光地气，她最沮丧的时候是早上和夜深时刻，一个个窗帘拉上，仿佛舞台上谢幕的幕布，只留下一片朦胧的灯光，一弯残月，然后整个楼盘都开始沉睡，只有她在阳台上喝速溶咖啡，她的推理已经没有什么意思。真希望这个时候，楼顶上忽然摔下一个人，大家都出来看看热闹，为情而死，还是另有隐情？负债累累，终有业报？她脑子里总有些台湾综艺节目的串词，现在，她要休息了，她脑袋里运转一天的“因果链条”终于可以掉链子了。

咔哒一声，万籁俱寂。

千万贯

杀手女士

【判】经济危机 杀手失业

【令】近期失业者饮

一把闪亮的匕首，从腰间忽然抽出，一道白色的弧线，全世界染成红色，然后心里舒坦许多……她忽然想到做杀手了。那些港台片里夹着两片红嘴唇的女人，全都做了杀手，那是“自由”的。

在HOW女士百无聊赖的时候，在另一个角落里，另外一位更加百无聊赖。这就是“杀手女士”。其实她不是杀手，或者这么说，她忽然想当杀手而此前并非杀手，表达清晰的世界真的很复杂。

杀手女士不知道怎么会想到做杀手的，她失业快半年多了。经济危机是什么？她脑海里出现的居然是全聚德的烤鸭，一只只插在杆上，底下滴着油。烤鸭是没得选择的，该烘烤烘烤，该流油流油，该切片切片，想到这，她才意识到她已被裁掉好几个星期了。天天老老实实地等在人才中心的门口，即便你是杀手，还得买张五块的门票，拼了老命地挤进去，把一摞的简历规矩地递给那些傻×，然后在脸上挤出一坨微笑，问声：请问你们这需要文秘吗？她真的恨不得把他们全杀了！杀！杀！杀！杀！杀！

每次这些情绪堵得无法排解的时候，她就会想到杀人。有一股杀气从脚底板传过来，一把闪亮的匕首，从腰间忽然抽出，一道白色的弧线，全世界染成红色，然后心里舒坦许多……她忽然想到做杀手了。那些港台片里夹着两片红嘴唇的女人，全都做了杀手，那是“自由”的。自由是什么？自由就是你吊着威亚漫天飞舞，却没有交通警察出来干涉。

似乎——只有杀手是彻底自由的。你想杀谁就是谁，而且，杀人，还有钱。抓到了，就算死，一张大版面的通缉令，十万份报纸头条捉拿，五花大绑特写审判照片，风光一时，也比窝囊地活着好。生如夏花之绚烂，死如秋叶之静美，仿佛泰戈尔的这句话就是她这个“杀手”要追求的，她真的觉得自己已经是个杀手了。

好！就做杀手了！问题是，有一类职业没有资格证明，比如小偷，没有小偷职业资格考试，更无法出具证书。杀手也是如此，你凭什么证明你是杀手！前提是你杀过人！假如你杀过人，你很可能就再也做不了杀手。你也不能张贴“杀手寻找稳定工作”之类的告示，也就无从让人知道自己是个杀手，偌大的城市，没有传播，原来，连杀手也是会失业的。更何况她目前，杀过最大的动物，就属鸡了。即使升个级别，那也是鸭，还轮不到人。

她半夜偷偷地踱到街边的角落，很多墙壁的角落都贴着各色纸团，收购药品，需要大量男女公关，男女××病迅速根除，腋毛狐臭不用愁，等等。在一张“寻找代孕”的泛了黄的布告上，模糊地印着：**欲寻找一优质女性，成就一个惊天旷世之杰作，望有情趣相投者速联系×××××**。她看着那纸片的泛黄的颜色，不禁欷歔。估计人家的杰作都很大了，而她还在找工作。

她贴的是一张红色的皱巴巴的小纸片：**替人拔除眼中钉 直电：138××××8042**。尤其拔除两个字，看上去真叫人很痛快，容易给人的印象是同鸡眼、痦子之类的顽疾一样，一次根除的效果。用直电两字，好比D字头的火车，迅速、快捷、方便。当然，觉得不可靠的主顾，只消说打错了。毕竟，这份职业是见不得光的。

自从她贴出纸条后就电话不断，比职业经理人都忙，成天有电话来问，你们是专业公司吗？全国都连锁吧？一次什么价钱？一旦你说是买凶杀人性质的，他们有的就立刻挂掉电话，话筒里还留着那边喘气的回声。也许人家只是想教训下，让对方挂点彩，没必要太伤和气，中国人嘛，里里外外都算一家。也有嘴上不饶人的，操着浓郁的乡音：俺就（揍）是要他命！俺就（揍）是要他命！但一旦你说价钱，他们就在电话那头嘟囔：这么（介摸）贵！得，还不如我自己杀了！杀只鸡才10块钱，杀个鸡都不如的东西要20万，你们也够黑的！这类东西听多了，可以直接挂掉。

有一天，她忽然收到一个女人的电话，电话那头似乎有浓郁的大蒜的味道，声音很直截了当地说她想杀个人，钱是小事。先打一半的钱到卡里都可以，她唯一想做的就是：让她在电视里永远消失！

“一天24小时，我只要打开电视，即使你再换台，也总能看见她，一上街就看见人家拿着她的书，书店就更不用说了……”

电话那头抱怨了下，问了句：“你那有办法让她不再上电视吗？我现在连电视都不敢看了！我这人，唯一的两样乐趣，就是看电视和玩股票。现在，我的人生消失了一半乐趣。”

她顿了下，道："有……是……有的，这钱估计要高些，你知道，杀名人的价钱比普通人要高些，社会影响也更恶劣。何况那么多人再也看不到她了，这些都得精神损失费的！"

电话那头忽然咯咯笑出来。"我当是嘛啊，不就是钱，你要多少，我给你多少。只要能让她消失，把电视台的台长一起干掉都可以。盖个什么楼，和裤衩一样，大家都住在裆里！算赠送一个！只要你们做得到，花点钱无所谓的。"

……

她慢慢逼近签名的队伍，小心地拿着一本书，图穷匕见之时就是她小命到头之刻。没想到书店人山人海的，比招聘会还要拥挤，外面下着雨，可是打伞的队伍排到马路上，把半截马路都堵断了，好不容易才插上队，半路忽然杀出个穿马甲抗议的，她的心骤然一紧。所有人都兴高采烈地等着签名，只有她孤单寂寞地站在人群里等着这一次伟大的刺杀！任何杀手，本质上都是孤独的。而且，她也弄不懂，为什么要杀她——

她看着×××惠存的签名，感动得说不出话。她忽然觉得对方并没有将定金打入账户，只是告诉她等电视报道死讯的同时就会给她钱，现在想来，那是多么不靠谱的事情啊。

她开始厌倦那些电话了，这个城市居然会有那么多的人想雇佣杀人。更可怕的他们大多把她的电话当成宣泄快感的热线，在电话里把内心恶毒的想法说出来，心里就会好受多了。有天，打电话的似乎是位老太太，说她真的很想杀掉她儿媳妇，说着说着就哽咽了，老人说，她一手把儿子带大，为了买套房子，几乎花掉后半生的积蓄，原本想享享清福，儿媳却不让她一起住，最后弄得夫妻割地共住，她和儿子住楼上，她的儿媳住楼下。……她真的不知道该说什么了，难道说，你打错电话？我们是只管杀人，不管心理辅导。

她干脆想了个办法，弄了架电话录音，只要你一打通，就有声音：您好，这里是杀手公司，现在我不在，听到嘟后——请留言，请把您要杀的人和钱款数目报给我，一星期后，我们会答复你！

……

有天，她打开录音，忽然传来：

我是警察！我是警察！不许动！不许动！

她立刻把电话线掐掉。

在偌大的城市里，她可杀的人，不多，除了自己。

百万贯

编审女士

【判】人生识字忧患始

【令】文字工作者饮

马克思名字一定要排在恩格斯前面，所有领导人排名顺序一定不能乱……所有河流看仔细了，一定要分境内和境外……一见到台湾那的中央，务必加引号，或者干脆删除，它们也配称中央……

这世上女人的故事并不多，鸡毛蒜皮就占掉半壁江山，剩下尽是美人迟暮古道西风瘦马之流，绕不开那些一辈子兢兢业业做繁缛庸扰工作的，下一个故事又开始绕到一个不起眼的角落，这是个和文字打交道的女人，姑且叫做编审女士吧，都说人生识字忧患始。

外面的朋友可能不知道。在出版社这个三审三校的地方，终审不是谁都可以做的，得由资深编辑做质量检测，俗称质检，质检算不算官？当然算，质检是书稿的判官，那些小编辑的稿子最后都要到这个女人的手里，决定生死。凡是超过万分之一的，通通不合格！就是说，一万字里错两个字，你等着扣钱吧。凡是质量不合格的，肯定是思想存在问题，至少是态度有问题，这是社长说的！

“马克思名字一定要排在恩格斯前面，所有领导人排名顺序一定不能乱，不懂就用黑马校对软件里领导人排序工具扫描下，绝对不能错啊。这是原则问题，细节可以出错、允许出错，但原则永远不能出错!”

“不能用港澳台三地并称，一并排就是台独!”

“所有国家地图一定先看台湾的后面是不是写着地区；所有河流看仔细了，一定要分境内和境外，境内和境外的名字一定不能错，内河和外河名字不能搞混。”

“一见到台湾那的中央，务必加引号，或者干脆删除，它们也配称中央……”

“这些是政治问题，很严肃!”她给新来的编辑上课，每次都会半吓唬地告诉他们，出版把关第一是政治把关！第二才是文字把关!

《要做编辑，先学做人，也讲一点儿政治》，这是她常年给编辑们上指导课的保留报告，政治对于她，很具体，就是不能犯文字上的政治错误。至于编辑技术，那是常年累月训练后得出的，比如前后人名一致，经常用错的字和词，《现代汉语词典》第二版和第一版对哪些首选词的规范作出了新的要求，大家怎么贯彻领会!

编审女士是一个很出色的编辑，她自己也是这么认为的，连续三年被评为社里的先进工作者。她的年纪不大，但为了持重，君子不重则不威，特意找了副黑框的眼镜，边上一杯浓茶，一摞报纸，无茶不机关，无报不体制。在事业单位很多年的她，深知此理。

茶杯一放，抓一大把便宜的茶叶进去，冲满。看稿，渴了，咕咚咕咚喝完，再充满水。有时喝三次茶基本就可以下班了。

最近她正在审查一本畅销书的书稿，里面的问题有很多，最大的问题就是把钱锺书的锺写成了“钟”，这在伊来看是绝对不允许的，她气冲冲打个电话去商量，电话里传来一个温柔女人的声音，不紧不慢。

“您好，是这样，这个钱锺书的锺是不应该用简体的钟的。”

“是吗？”电话里慵懒地打了个哈欠，似乎根本不在听她的解释。

“对的，而且钱先生生前也反对的。”她再次强调下。

“哦？在他的哪本著作？哪篇文章？”电话里似乎有了兴趣。

“这……我一时没查到。”她一下词穷了。

“那就不能乱说嘛，暂且存疑下。”电话里兴趣又暗淡下去了。

“但是《新华字典》规定……”只要编审女士找不到话，就不自然地嘟囔这句话。

“《新华字典》规定的不是简化字吗？”电话里开始不太耐烦了。

“……”她开始完全找不到话说。

“鲁迅的很多字在《新华字典》看都是错的啊，我前段还写了篇文章来指出字典的不合理，你可以去查阅下，好，我还有个会，先存个疑，好吗？”

电话就被挂掉了。胆敢蔑视《新华字典》的人，编审女士还没遇到。今天终于遇到了，如果你的书卖得比《新华字典》还好，那你完全可以让字典根据你的意见修订。她感到非常沮丧，估计钱锺书即便活着，也会愤愤不平。

她的老公也是个编辑，远不如她优秀，经常被别家的判官抓个正着，气得她咬牙切齿，真个想把那个母夜叉生吞活剥。不过也怪那厮不够争气，没有把《现代汉语词典》第二版一些新的用法记熟悉，还是要加强业务训练。

“菜我加热了。你记得吃!”在家里，她是个好老婆，“我今天去逛街，发现好多招牌上有错别字!”

“什么?”编审女士的老公还以为他老婆要和他说买衣服的事情，“你买了些什么。”

“面油，以前的老面油，冬天防冻，那个牌子不多见了，今天我去小的旧货商场，正好见到。上面的商标原来是繁体中宋，现在改成简体书宋大六号，以为假的呢!”

“国家提倡简体字了，连中华书局的书有的都改成横排。”

“但特别的商标、人名是需要保留繁体，比如钱锺书的‘锺’，我和那些小编辑讲，不要改成钟，不是破烂溜丢一口钟的钟!”

“那个写成钟也是可以的，我们社就不算错。”

“那是你们社编辑素质低！这个严格来说就是不行的!”

编审女士忽然想到早上那件极其不愉快的事情，不说倒好，一说又把这一股闷气都撒出来了。更让她觉得屈辱的是这个瘦小的躲在结婚证那头的小男人居然敢蔑视她的权威，这是绝对不行的。

那晚他俩吵了一大架，她狠狠地给他普及了下业务知识，告诉他以后碰到赵钟书、钱钟书、孙钟书、李钟书，把眼珠子放亮点!你既然做编辑，你就得出类拔萃，做成你个样子，看了三遍的稿子，还让人家抓出那么多错，你干脆死了算了!

说得她家先生蹲在那里大哭起来，我没本事我没本事地叫唤，她的心也开始软起来。偷偷拍了下他的后背，这事就到此为止吧。甭想她道歉，对就是对，错就是错，训斥下是原则问题，安慰下是人道主义关怀，这，她分得很清楚。该回去给那个死鬼织冬天的围巾了。想到这，她把那天的茶全部喝下去，包括一些沉淀很多天的茶渣。

九十万贯

主播女士

【判】黑箱寂寞红颜老

【令】电视工作者饮

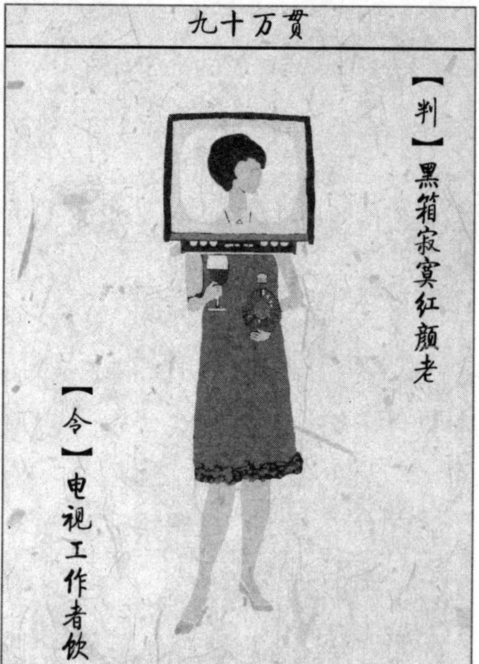
九十万贯
【判】黑箱寂寞红颜老
【令】电视工作者飲
主播女士

整个城市的人都可以看到她是怎样在电视机上慢慢变老，她脸上的皱纹在漫长的岁月里可以写成好几个“正”字，全世界的新闻都是新的，只有她是旧的。

每天主播女士都要坐到偌大的演播厅播新闻，一幅硕大的公鸡地图从电视机后面的黑暗处飘出来，然后两个面无表情的播音员就开始一天的播音。主播女士就是大家都羡慕的新闻女主播，整个城市的人都可以看到她是怎样在电视机上慢慢变老，她脸上的皱纹在漫长的岁月里可以写成好几个“正”字。全世界的新闻都是新的，只有她是旧的。但是，她是那个城市的脸，虽然她不出现在任何的广告上。

她在电视里日复一日年复一年地重复着同样的腔调。她经常收到来信，信上写着：哪家哪家的孩子，原本哭得厉害，一听她的新闻，就开始爬起来看了，哭都不哭了。饶有兴趣地看着她，一直到新闻结束，才继续哭起来。

她的节目就像自来水一样，每晚准点拧开，你可以看也可以不看，但你不能没有“它”，它顽固地占领着一个时段，那个时间段，世界有一半是属于她的，她的声音被处理后，像自来水一样奔到千家万户。

她在播新闻那阵，卖楼的女人会停下来听听房子有没有降价，炒股票的女人也会听听有什么有利的消息，带孩子的会说，看，阿姨出来播新闻了！别哭了别哭了。她就是一个信息公正的符号，她说猪肉一定会降价，猪肉肯定不会涨价，她说GDP多少，大家总不会自己去算算，那约莫是准确的。

她是从黑匣子里来的权威公正，但她自己不是，播完新闻她就完成任务了，虽然过两个小时，还有重播，但这时她已经在家里穿着睡衣喝着白兰地。

窗外没有月光，拉开窗帘望去，城里灯火辉煌，唯独她是自由的。她喜欢那种感觉，但电视机里的她，会不断地被复制和重播，一卷带子一卷带子地播放着。然后旧的人散去了，新的人又开始围过来，大家把电视机当作另外一个世界的窗口，神奇的两个世界互相窥视着。

要不，我再到电视里看一回吧，她忽然觉得是个很好的主意，趁着重播的时间，她带着白兰地的味道进入那个黑色的匣子，里面有杆枪不断地朝屏幕喷射电子，在屏幕上形成图案，她看到有的男人和女人围着电视机看着新闻，一家老小都在看着，一边讨论着。那个说着美国人选个黑人做总统了，那个骂着哪个国家又得罪咱们了。

也有些人根本不看新闻，只是看着，干着自己龌龊的勾当，衣冠不整的，看上去极其令她不习惯，好歹你把电视关了吧，这是起码的尊重啊！在以往的10年时间里，她几乎没正眼看过观众，现在一抬起眼皮，全世界都衣冠不整，这与新闻节目的气氛严重不符合，好歹你们也把腰身坐直些，把脸上猥琐的微笑抹平了。

当她在一个女人的家里严肃地在屏幕里说：今日股票指数暴跌，亚当指数下跌300多点收盘，夏娃指数已下跌600多点……接着她就听不到自己说话了，有个女人疯狂地捶打着电视机，嘴里不停地叫道：钱啊我的钱啊我的钱啊，她被捶得嗡了，自己也感觉自己的声音越来越低沉，后面说什么她自己都听不清了，整个屋子都是女人的哭声。

那个女人像疯了一样，她慢慢地走到窗户前，似乎要往外爬。她看到情况，几乎要尖叫起来，她大声对她叫道："喂，别想不开。"那个女人回头一看，电视里的新闻女主播，忽然换上了睡衣，黑色的眼袋，头发乱蓬蓬的，拿着酒杯对她叫道。她觉得一定是眼花了，妈呀！午夜凶铃也不能这样拍。她狠狠抽了自己一耳光，没错，不是做梦的话，那一定是电视机坏了，先把事情弄清楚。先别着急跳楼！跳下去，就再也看不到明天早上的牛市了。

她又通过许多分叉的隧道在黑暗的甬道里行进，这个城市的甬道四通八达，在各种黑暗的迷宫里有千千万万个她，她被她自己领着在各种隧道里穿梭，她仿佛走进了一个节目录播室，上面写着《精英讲坛》，再一看电视机前黑压压的一群人，大家都眼大无神地盯着电视机看呢。她才知道什么叫做收视率，她的那个节目大家是穿着睡衣看的，而人家的节目，大家都穿着礼服看，还戴着领结，真是邪了门了。

她刚穿着睡衣踱进去，里面演播室的人都呆了，大家看着这位女主播忽然出现，以为是来客串的，没有说任何的话，只是用眼神表示友好。但电视机前的人，开始叫起来，串线了串线了，今天节目串得好厉害啊，大家开始笑起来，忽然好像认出她的脸，有人叫起来，她怎么会跑去拍电视剧，怎么从一套跑到四套啊，乱了乱了哈。没想到啊，大家开始围着电视机笑起来，这真是一个荒诞的串线。

当她反应过来，已经被人拉出演播厅，又掉进黑暗的甬道里不断下滑，在黑暗里蜿蜒行驶，像在黑夜里驾驶一样充满快感，她兴奋极了，她滑翔进入大学选秀舞台，所有的人拿着牌子支持心中的偶像，和疯了一样，谁也没有看到她，根本不注意这个收视大不如前的烂节目，在灯光的眩晕里，她慢慢退出来，又滑进另一条甬道，疯狂地滑动——

在人们准备用遥控器换台的瞬间，她拿着酒杯在屏幕上擦过，CHEERS！她看着人们在电视前面张大了嘴巴，露出一个黑色的洞穴，洞穴前面是红色地毯似的舌头——她穿过屋子，商店的柜台、广场的立式屏幕、公交车的移动电视，大家谁也没有注意，只是瞬间一惊，然后用手揉揉眼睛，眼花了吧。

第二天，她仍然去那个老位置播新闻：据报道，昨晚由于彗星接近地球，电视大规模受到干扰，专家经过彻夜整修，已经修好，目前状况良好。

她，又多了条皱纹。她家的电视，她从不看。

八十万贯

售楼女士

【判】危楼百尺 一朝卖断

【令】见风使舵者饮

她打心眼里瞧不起那些和她一起卖楼的傻女人，她们关心的是楼，而她，关心的是规则，懂了规则，你才知道怎么玩。

楼市楼市，搂（楼）到了才算是（市），搂不到就只能像售楼女士，是一个“乱世里的售楼女”，她喜欢这么说。即便你陪着人家上了床，也卖不出楼去！

售楼女士坐在咖啡厅，左手无名指上的小钻戒，在冬日的阳光下闪闪发亮，戒指上的钻石虽说不是很大，1克拉，不大也不小，足可以给那些小白领炫耀了。对她这个卖楼的单身女人来说，已经算是无上荣耀了，至少这是靠自己赚到的，比那些为了卖套房子就陪男人睡觉的贱女人不知道要好多少倍。

她习惯性地转动着那个戒指，在无名指上有一道环形印记。她有个小动作，要是遇到不大体面的小客户，就把戒指转到手背的那面，叫那厮们瞅瞅，她可不是孱弱的单身女人，依靠自己十八般武艺，依然可以过上不错的日子；要是遇上体面点的人家，则一定要把戒指转到手心的那面，切莫让人瞥见，小瞧了自己！即便看见也无妨，只消说是朋友生日送的，戴着玩玩，家里的套戒都戴腻了，换个新鲜的戴着玩儿！

1克拉是什么？就是很多小白领天天去首饰店看订婚戒指，看到孩子三岁的时候，新郎还在笑着对新娘说，赶明天补送你个1克拉的钻戒吧。1克拉是个不大不小的梦想，不至于让你兴奋得呼吸加快，但，它正好卡在你生活的喉咙里。

女人就是这般地好欺负？她不是！她要靠自己！哪家是实力派，哪家是空阔绰，哪家买房是谁说了算，谁是全款买，谁是贷款买，谁是准备买几套的大客户，谁是打心眼里看不起她，谁真正当她是朋友，谁想吃她的豆腐……她心里都清清楚楚，账目分毫不差。

这佛分金银铜铁，人分三六九等。和一般小虾米打一辈子交道不如逮一条大鱼，女人的机会其实不多的，自己的皮肤还算白，相貌中上，趁着还没老去，总要博博看。

她的手机分ABCD四个组，A组是大客户，要最积极主动找他们联系，没事情也可以找些事情，不一定和他们交流房市。比如太太们有什么外号啊，先生们喜欢什么休闲的活动啊，没准可以进入他们的交际圈里去，只有上流的交际圈才有可能认识上流的人；B类就是一类小中产，关系活络，引线很多，必要的时候给他们点好处，拉些道上的朋友进来，这类对象要远交近攻，不要落下交往，会渐渐疏远，趁着三天热气，近一些的城池，一个个拿下；C类就是贷款买房的，向银行借大半辈子钱，然后还一辈子钱，每月固定做“填空运动”的，她打心眼里瞧不起这些人，一群可怜虫；

D类是一些小白领，能不能把首付交了还成问题呢！这类电话，只要看到“D×××”，前头显示D，接都懒得接，先把手头的事情料理完毕，再用单位的电话打过去，给自己省点话费，枪毙几个这样的废物，都浪费子弹。

虽然是这样，但手机里她一定会把爸爸的电话设置成“A爸爸”，可以在2000多个电话里迅速找到他，那是她每周都会打的电话，对着电话哭得稀里哗啦的，她觉得这时自己才是真实的。

近来运气也颇好，一连卖出三套房子。一套大开间被一个不爱说话的小姑娘买走了，话儿不多。一套小两居被一个电视台的编导买走，这对小夫妻很搞笑，丈夫整天打着哈欠，好像没睡够，妻子红着眼睛，不断地发抖，看见绿色就哆嗦，看见红色就走来走去，站不住脚地晃。还有一套复式的房子，丈夫和妻子联名买的，妻子坚持要署名，两个人对峙许久，差点买不成。犯得着嘛，她从心底冷笑两声。

她每天要学会用几种不同的口气和不同的客户对话，似乎操纵着八国的语言，只是让该爽快的爽快，该憋屈的憋屈，这个城市就是这样的。一个女人，尤其是一个单身的女人，没有几般武艺，哪里降得住那群龟孙子！

她打心眼里瞧不起那些和她一起卖楼的傻女人，她们关心的是楼，而她，关心的是规则，懂了规则，你才知道怎么玩。

七十万贯

教授女士

【判】难言隐疾 累身外之名

【令】疑有痔疮者饮

她现在只要一对喇叭，就兴奋异常，这个城

市的喇叭把她化身为千千万万，都躲在喇叭

屁股后的磁铁上。吃住睡都在喇叭里面。

权威人士都有个共同点：一定要上过电视！

教授女士出名了！她打中学起就不被人看好，成绩一般，长着一张方脸，带着一点雀斑，毕业后成为一名普通的大学老师，原以为，此生不过相夫教子，每晚寒星冷月。

未想到《精英讲坛》栏目，使她暴得大名。她走到街上，连狗都认识她，不断朝她摇尾巴，她的头像被悬挂在各种建筑物上，印在各种印刷品和书籍上面，俨然成了文化明星，电视里的“居住教授”（等于住在电视里面），她的声音被无数的喇叭磁化，变得温柔异常，似乎年轻了十岁，拥有号召力。她现在只要一对喇叭，就兴奋异常，这个城市的喇叭把她化身为千千万万，都躲在喇叭屁股后的磁铁上。吃住睡都在喇叭里面，该到出场的时间就黑压压拥出来，齐声道：亲爱的朋友们……

她每次都会有保留的那个精彩的煽情段子：许多青蛙爬柱子，只有一只瞎的爬上去！为什么瞎了，她故意顿一下，再说，反而能爬上去呢？为什么呢？她喜欢再重复一句，卖个关子，然后用事先酝酿好的叹调说：因为它专注认真！因为它心无杂念！因为它以心为眼！因为它不是普通的青蛙，正是因为看不到欲望，才是它自己！……

每次说到这，下面总是掌声雷动，大家眼中都充满了泪花——这些励志的段落，加上高昂的激情的朗诵，反馈就会出奇的好！她的书卖得比字典都好！在书店里求签名的人山人海，签得手都快断了。

大家对学术权威的态度也在发生微妙的变化，权威的后边还要有许多的喇叭，每一张权威的嘴巴只要轻轻蹦出一个词，就会在许多喇叭上不断传递出来，权威就是许多报纸版面的长×宽，谁的面积大，谁就是权威！权威人士都有个共同点：一定要上过电视！

她有时觉得，她这一生怎么会到四十以后才发迹走红呢，可怜如花美眷，孤影清灯恁些年，好生可叹也夫！四十岁的女人，该爱的爱了，该结的结了，该生的生了，花也开过，人亦飘零，现在再红，也是花后余香，女人啊，可叹也夫！

没成名的时候，她还经常去些诗社，大家诉诉衷肠，那时候，是她人生最低谷的时候，她一去那就借酒浇愁。前段还有个老同学也算诗友打电话给她，叫她为某个诗集写个序之类，她因繁忙，只得敷衍下，诗是人生的一种温度。现在冷却了。

其实，她本来就是个多愁善感的人，外面却看不出来，她喜欢站在镜头前，把手一挥，有着中年女性的果断，她还喜欢把折扇往桌子上一敲：为什么庄周拿鲲鹏比喻逍遥的境界呢？打开的折扇，自然是不逍遥的，她就是那把展开的扇子，只是不小心溅上一朵梅花。

她对自己的声音在意极了，即使每次录完，她回家仍然要再看一次，找到最好的朗诵感觉。她开始回忆自己录音时候哪个字有走音问题，她一下想起一个字似乎读错了音，她立刻会打电话给编导，和他商量希望再录一次。像她这等尊贵的人，是说不得错别字的，她说的所有话出现在报纸上都是加黑的，边上还有个自由女神之手的图标，她就是代表思想的自由，结社的自由，新闻的自由。她不能出任何的错，任何的错都是个大笑话。

虽然，她待人亲和，但也不乏小报记者写她，上次某小报忽然爆料她有严重的痔疮，这让她极其难堪，一个明星怎么能有痔疮呢？更糟糕的是，你有痔疮，又让人知道你有痔疮！所有的眼睛都在坏坏地笑着，一个普通人得了痔疮没关系，问题是她是名人，大家虽然听着你高谈阔论，但都留一只眼睛看你的笑话……

这世界的文化史是由一些细小的蝌蚪文组成的，挨挨挤挤地列在羊皮卷上，但你一旦得了痔疮，整个文化史在笑，你拿文化史一点办法也没有。她觉得自己被这个小花边完全击败了！那只自由女神之手再也举不起来了！

她的丈夫是个很普通的男人，老实地躲在结婚照的一角，现在看上去似乎更扎角了，只有她的头像在放光！至今没有要个孩子。她有时候觉得，做女人难，做名女人更难，做文化名女人，难上加难，你的话一字千钧，但你可说的很少很少，报纸电视需要的总是那些。她不过是电视机的外接话筒，该讲什么，还得听电视的！她望了他一眼，这个可怜的男人也够累的，告诉她要去买些菜，经常不在家的她感到一阵温暖。

他顺着楼道缓慢地走下去，曲曲折折地走到对面的楼上去，那里有他另外的一个“妻”和“子”……

六十万贯

美容女士

【判】中隐隐于美容院

【令】臭美者饮

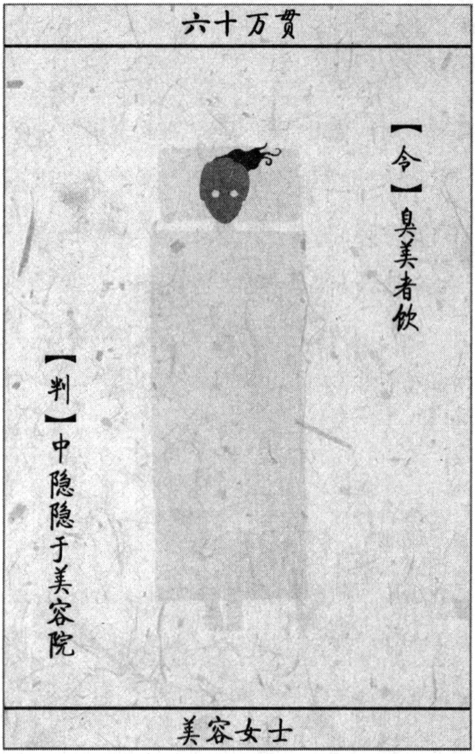

美容院的功能，其实和油漆匠的原理一样，一个给墙和家具刷，一个给人刷，刷一个精神头给你，让你们灰头土脸地来，神采奕奕地走，谁知道她们里面是不是千疮百孔呢？

美容女士是个白白胖胖的小姑娘，一白遮百丑。女人有两样法宝，第一是白，第二是瘦。在美容院里皮肤好些的女孩，人家才会尊敬你。问几句："啧，皮肤这么好，你怎么保养的啊？""以内养外，多吃水果补水，然后针对你皮肤质地，干性、油性和中性，有针对性地保养，比如干性要注意锁水保湿，油性要注意去油除痘，中性也要注意收缩毛孔，美白祛斑，去皱除纹，去角质……总之皮肤护理是一个系统工程。"这些话，美容女士培训的时候都被告诫过无数次，要细化护理过程，这样每个环节都有利润可图，反正，谁还会嫌自己太白了呢？

美容女士看了看那个问她问题的女人，干瘪的瘦女人，全身贴面膜，补七七四十九天还是那么瘦。但要碰到黑的怎么办？那就顺着说："其实，美白产品在欧洲一点都不流行的，只有亚洲人才用这种过时的时尚的东西，那些穿着比基尼的健康的黑色女人才是时尚的潮流。”对方很惊喜，这小小的美容院里貌不惊人的小姑娘居然与国际接轨了。但在她心眼里，对方仍然是只被海风吹多了的乌鸡。

其实，她不太用护肤品，那些客户用剩的一些残渣，她是不屑去用的，凭什么她要用那些老女人褪下来的东西，看到美容院里的贱女人贪小便宜的样子，她很可怜她们，但有时也会可怜自己。为什么自己天生丽质，整天和奴才一样伺候着那些大毛孔、屁股上全是赘肉的女人。

她也有自己的保养办法，她每天用淘米水洗脸，有时也用鸡蛋清，在一个鸡蛋上扎一个小眼，可以用一个星期，所以她的皮肤细滑和化妆品一点关系都没有，那些打着厚厚粉底的女人，即使上了粉也不如她白。天知道在那些粉底的下面是否藏着泪痕、伤疤、痘子、雀斑、粉刺、黑眼圈，一脸伤心之事，但她们悻悻来了，喜悦走了。美容院的功能，其实和油漆匠的原理一样，一个给墙和家具刷，一个给人刷，刷一个精神头给你，让你们灰头土脸地来，神采奕奕地走，谁知道她们里面是不是千疮百孔呢？

美容院的常客里有位白皙的女人，每次来总是神采奕奕的，她戴的手表也有好几块，她的眼神不定，眼珠子左瞧右瞧的。

“你的手表很漂亮！”“R开头的，还有个F开头的才4万，我没买。”对方淡淡说一句。

她心里猛地一惊，但她马上明白，上流女人都不直接说出手表的牌子，这个在人家看是常识，你反应一慢半拍，就会被人瞧不起。

以后要记住，谈手表的时候，F开头也好，R开头也罢，要知道顺水推舟。

还有个花枝招展的女人，打扮得妖冶极了，身上混杂着各种古怪的气味。

她开始施展女人天生的本领：试探。女人和女人，就和打牌一样，你要试探下对方的底牌是多少，但绝不轻易暴露自己的底牌。

“你真年轻啊，皮肤也保养得很好，有女儿的话，站在一起和姐妹一样。”

“要女儿干吗啊？一个人挺好。”

“呵单身贵族啊。”

“什么贵不贵的，男人有钱，就可以消费。”对方有些感慨。

“什么！……”她开始暗暗留心，每次戴着很薄的手套，事后洗上三遍手。娘的！小姐都跑到这来了！把自己修理漂亮，再出去招揽生意！她恶心得要吐了！这样的长相也会有人喜欢吗？她仔细看了几次，就凭平底锅一样的脸，在上面可以摊开三个鸡蛋了，这个城市的男人怎么了？

有个中年妇女，也经常到这里来，方方的脸蛋，据说是个大学的教授，她做脸的时候很安静，不知不觉就睡下了，直到你给她挑痘的时候，她才疼得哎哟的一声醒过来。她大叫：你能轻些吗？我一会儿还要上电视呢！你拿这种人一点办法也没有，她的电话一直响个不停，她一个都不接，她是来美容院避难的。

还有一个很奇怪的女人，一星期来上五天，她就躺在那里敷着脸，你问她：怎么今天又来了？她不高兴地瞥你一眼，不能来吗？美容女士才发现自己说错话了，她改口说其实一周有一到两次时间做脸就够了，没必要天天都做的。那个女人沉默半天，忽然说：我周一做脸，周二揉胸，周三减肥，周四刮背排毒，周五……也不定，她忽然补了句，我没准什么时候活多就没时间了。当你问她做什么的时候，她又不说话了。

这美容院里什么样的女人都有，难怪有人开玩笑地说：小隐隐于洗手间，中隐隐于美容院，大隐隐于火葬场。

五十万贯

扒手女士

【判】窃钱者损 窃心者伤

【令】多情者饮

在人世间，最悲哀的莫过于，你偷走的只是

人的钱财，却无法带走他们的幸福。

城市里，小偷是分工种的，都有自己的昵称：偷电线盗电缆的叫器材嫁接商；摸到家里，登堂入室，叫空宅大人；剩下的一批素质相对低下，不做团体只是针对个人的叫钳客（俗称扒手）。名字都很有文化，但勾当不同罢了。

根据一份最新的城市民意调查，在城市里银行卡普及的社区，一般居民身上的现金不会超过 300 块，高级社区则会更少，有钱人身上往往是不带钱的。以一个普通的城市扒手为社区个体，在大城市的最低床位费用为 600 元 / 月，生活费用为 400 元 / 月，医疗保险为 200 元 / 月（抓到一次，往往医疗费用远不止这些，且较长时间不能接活），按此推理，一个城市里的小偷月作案次数均在 4 次以上，4 次是最低生活标准，6 次是温饱，他们到达小康的理想，还很远。

从地区分布的角度看，二级城市的居民，身上现金比例高的则相对比一级城市多，尤其在乡村通往城市的火车上，一些城乡居民腰间的小口袋，衬衫的内面、鞋子底下以及内裤的隐秘角落，都拥有高额现金，往往得手一次，够这些二级城市的小偷生活好几个月。由此来看，大城市的扒手属于高风险、低保障、低收入的弱势群体，有很多扒手是因为谋不到基本的生活收入才铤而走险。

再次，扒手的恋爱婚姻都会受到职业的影响，扒手里面同行配对成为主流，一方面是因为外围的人口未必理解这样的职业性质，不愿意过着担惊受怕的日子，即使是扒手夫妻间，这样的心理压力也很容易导致多种心理疾病。所以扒手单身的比例异常的高，越是单身人群，得不到异性的关爱，就越容易走上犯罪的道路。

扒手女士就是这样的单身女扒手，她其实一点都不想做扒手。可是做扒手让你有点摇六合彩的感觉，自己钱包里的钱，你知道得比脚趾头都清楚，没有任何惊喜。但别人的钱包则不同，每个钱包都是不透明的暗室，那里躺着数量不等的纸币，等着你去揭开，等待那一瞬间的惊喜，钱本身都是一样的，但看到钱的那一瞬间心情却是不同的。一大把的钱忽然撬开你的眼皮，撞进你的视线，那种快感才是扒手最最需要的。

扒手女士是一位单身女扒手，她不明白，为什么她每次得手的钱包里，总是镶着各色情侣照片，齿皓唇红的，胖的瘦的高的矮的，一律报以幸福的微笑，人世间最悲哀的莫过于，你偷走的只是人的钱财，却无法带走他们的幸福。眼巴巴地看着他们朝你微笑，扒手女士是一位单身女性哪，怎经得起如此挑衅的微笑，不是女方小鸟依人地偎依在男方的怀里摆拍，就是两人含情脉脉地对视的摆拍，看得你万念俱灰，才怨怪自己入错了行哟。

偷钱本身可能是不道义的，但偷钱也是了解人内心的最佳途径，她记得有次偷了个文绉绉女生的皮夹，里面什么也没有，只有一张发灰的老枫叶，背面有漾开的红色钢笔字：此生合共枫叶老，他年莫怨吾道孤。看不懂这些文艺人的文字游戏。

再看她偷的另一个钱包，真的不能算钱包，除了卡以外，没有任何东西，一分钱都没有。在面对这些卡的时候，你真的拿它们没任何办法，她的钱从来都放在兜里，绝对不相信银行。她想了半天，只好把那些卡片都投进护城河，为什么要还给失主呢？要怪就怪她倒霉吧。

没活的时候，她就去美容院修皮，她不喜欢叫“美容”，似乎和老家那些“修脚”“刮脸”没多大区别，修皮就是把外面修得光鲜亮丽，这样才有男人看上你！要是没有男人看上你，你这辈子真是白活了！扒手女士知道自己文化不高，但活着的道理，都很简单，根本不用去学校里学。她没事，就去美容院。一去，躺在上面，让她们修去，把她坏掉的全修好。她真的很怕自己变老！

她最近似乎有些单相思，偷的一个钱包，似乎是个女人的，里面有一张男人的照片，高高的个子，一身列车员的样子，眼睛很抓人，她也说不上感觉，就是她喜欢的款。天哪，她为什么是个扒手呢？可是，她不是扒手，她又怎么会遇上他呢？

虽然只是一张照片，她觉得她和他是有缘分的。这是她第一次有点心软，似乎钱包里还有那个女人的名片，全是英文的，除了电话，她认识。她试着找个公用电话亭拨通那个电话，一个女人的声音，她谎称捡到一个钱包，需要给她。她一阵感谢，她忽然问了句：里面的照片是你男人吗？电话里忽然沉默了一阵，说，是啊，你怎么知道！

她在想，要是对方说不是，她就不还她了。说是……还是给她吧，她隐约觉得他就站在她的身边，焦急地等待，现在正在善意地微笑。她觉得她走江湖那么久了，这次是她最傻最傻的一次。要是能看到他微微一笑，她死都知足了。

她们约好了一个地点，是不是照片里的男人也会陪她一起来呢？她心里打着鼓，她看见远远地走来一身蓝色上衣的女人，脖子上一条红色围巾，似乎她的脸在蓝色的大海里漂浮着，当然，那是她牢房生涯前最后的一次约会……

四十万贯

钟点女士

【判】人生无钟点

【令】无时间观者饮

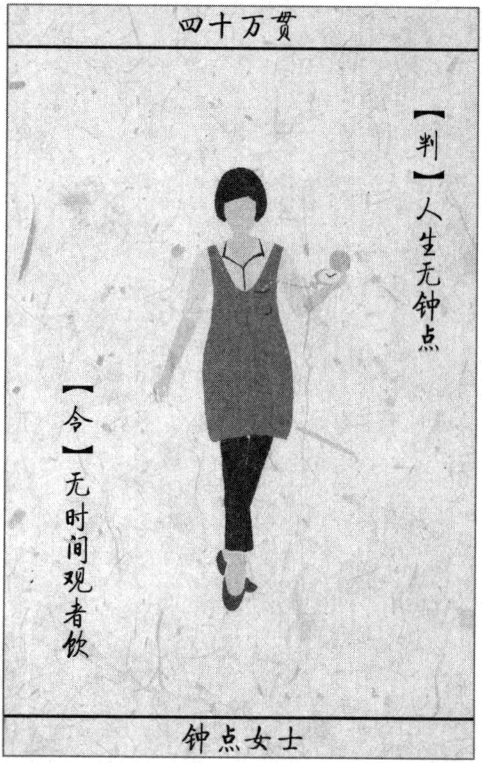
四十万贯
【判】人生无钟点
【令】无时间观者饮
钟点女士

这女人就是在苦和福里熬着，受够苦了就转

为享福，上辈子享多了福这辈子就得受苦。

她就是上辈子享福享多了，所以今生做牛马哪！

别人拿着钟表来使唤她，时间都卖给人家。

钟点女士是最没有钟点的女人，她的钟点全在别人身上，她一天时间都安排得满满的，这家串串，那家停停，她的老公送了一条老上海款的挂表给她，就是老上海式的怀表，可以挂在胸口的，一条很粗的金链条，就挂在工作服的里面，远远看上去倒有点像个女管家，再戴上一黑色的老花眼镜，还真像那么回事。当然，这是她老公的玩笑，谁找她呢？她是所有人家的管家，所有人未必把她当管家。

她属于流浪者，这边有活就这边呆着，那边有活就那边援着。钟点女士今天的活很奇怪，是一个有钱的女人找她去，活很简单，把床上的狗毛粘干净，这有钱人真奇怪，花钱找人做这类不疼不痒的事情。

再说这个粘狗毛的女人，穿着一件黑色唐装，看上去那件衣服一点也不适合她，包得和粽子一样，她脸上的皮肤看上去，和种地的女人没什么不同，她说话得得瑟瑟的，半天才骨碌出一句。说话却不严厉，好像和你商量的语气：你说这狗毛咋弄干净呢？她忽然发现这样的语气不够，于是改口说：你都给我弄干净吧。晚上睡觉痒死了！

钟点女士很恭敬地叫了声太太，城里人喜欢叫太太、女士、大姐，不喜欢叫小姐、姑娘、闺女。

“太太，这一时半会儿还真多，估计得弄上一阵。你家的狗还真顽皮，老是和主人一起睡。”

“哪啊，它都在这床上睡了半个月啦。”那个女人发现自己说漏嘴了，“我这全身酸痛得厉害哪，这狗东西比人都金贵。”那位太太愤愤不平起来。

钟点女士似乎明白了什么，她顺着她的话说：“可不是，其实宠物最需要照顾的精力了，这是您先生买给您的吧？”

“对啊，他老不在家，找条狗陪我，我原先那只不让带过来，城里不让养。”

“是个什么种啊？”

“是条大黄狗，比这好多了。”

“是啊，还是乡下好，乡下空气好，也没那么多操心的事情。”

“可不是嘛，在乡下我就没这么发愁过呢。”

钟点女士心想，这样的女人有福啊，老公把她接到城里享福，这女人就是在苦和福里熬着，受够苦了就转为享福，上辈子享多了福这辈子就得受苦。她就是上辈子享福享多了，所以今生做牛马哪！别人拿着钟表来使唤她，时间都卖给人家了，自己家里的饭都来不及做，还要跑去给别人家做饭。命好苦呢！

她习惯性地把那个怀表从胸口的口袋里拿出来，很奇怪地学着上海滩人的样子看着，她这个姿势学了很久，她觉得看时间的时候她最优雅。但其实她什么也看不清，眼睛看近的地方总不太自在，她只得拿出黑色的老花镜，看了一眼，又得到下一个地方去了吧。她把表塞进衬衣的口袋里，那是件印着绿色竹子图案的花衬衫。

下一家让干的事情更好笑，有个女人找她朝抽水马桶喷香水，这马桶堵了，你得问通下水道的啊，你再喷香水也没用，她就在边上不停地打喷嚏，她对气味似乎很敏感。她告诉她，你把这个抽水马桶的气味都弄干净，老是有古怪的气味从下水道里漫出来，晚上一闻到就想吐。

钟点女士看了下她的家里，全是五颜六色的瓶子，挨挨挤挤在那些架子的上面，下面是空掉的瓶子，上面是装满香水的瓶子，华丽得像香水的宫殿，她琢磨着，这些香水，她得用多久才用得完啊，怪不得人家喷抽水马桶都用香水呢。她多看了眼那个香水姑娘，眼睛很好看，斜斜地朝上扬，像一只狐狸。乡下人的比喻不中听。

她又掏出表，把眼珠子凑到表面上去看，该收工了，她的老公已经在家做好饭了，一个租来的不到8平方米的小平房，这一天的时间都卖给别人了，晚上该给自己点时间了。想到这里她很欢快，她的那个钟表上的时间，似乎与火车站的大钟表不同，那时间是真真属于自己的，那是她的“时间”。

三十万贯

疯人院女士

【判】装疯卖傻求平安

【令】炒股得利者饮

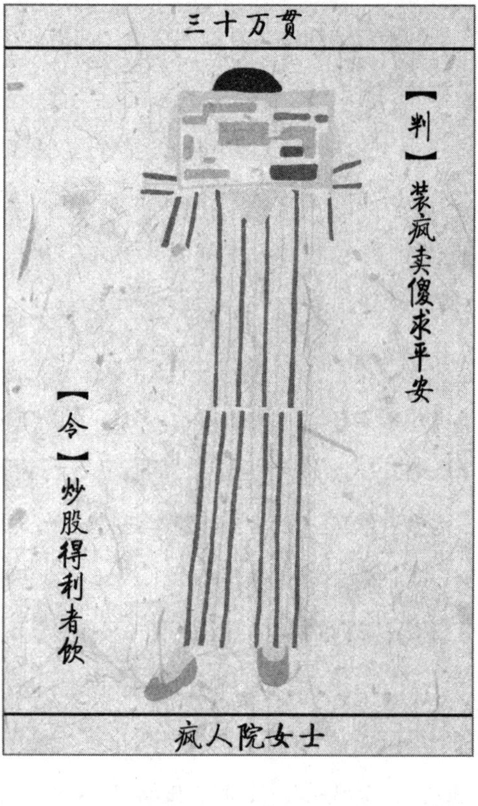
三十万贯
【判】装疯卖傻求平安
【令】炒股得利者飲
疯人院女士

一般你要病得不轻，人家就说“观察一下”，要是再重些，就是“留院观察一下”……医生就在纸上沙沙地写着“轻度精神分裂”，她开始大叫：“医生，我可没有分裂啊，我真没事！”医生解释说没说你有事，只是需要“留院观察一下”。

疯人院女士是这个城市里最正常的人，可她住在精神病院里。她是怎么进来的？那要从她家的电视机说起，她在炒股的时候，忽然看见一个身穿白袍子拿酒杯的女人，半夜吓得她一身冷汗，她死命地拍打电视机，叫警察，说电视机爬出一个女人，她真的害怕极了，结果，警察就直接把她送到这里，说是需要观察一下。

一般你要病得不轻，人家就说“观察一下”，要是再重些，就是“留院观察一下”，她知道自己没有疯，可是她一说电视机里爬出一个人，医生就在纸上沙沙地写着“轻度精神分裂”，她开始大叫：“医生，我可没有分裂啊，我真没事！”医生解释说没说你有事，只是需要“留院观察一下”。奶奶个蛋的，她就被送进来了。

她的口头禅就是要干掉谁谁，于是医生开始需要“进一步观察一下”。医生问她：你想干掉谁。她考虑下，列出了许多经常出现在电视里她很不喜欢的人，她希望以后不要在电视里见到他们!

“就因为你不喜欢，就要干掉他们吗?”医生问了句，在纸面上写上“疑似中度精神分裂”，她这下更完了!

疯人院女士其实一点也没疯，虽然，她住在精神病院里，和住在酒店的心态是一样的。

没有任何房租，每隔几个月就会有医生来检查，问一些很正常的问题：地球是圆的扁的?公鸡是公的母的?绿灯是红的绿的?……你一律反过来回答，他们一直摇头，先住着吧。

这样，她就可以躲在里面，包吃包住，里面还有电视看，没有任何费用，但你必须随时随地提醒自己：我就是个疯子，过会儿到门口歇斯底里几回，让医生相信，你是间歇性发作，平时是正常的。不至于把你捆在床上，打镇定针。

这样，疯人院可以当成度假村住，只是那些有攻击性的疯子，一定要躲远些，因为被他们打死，没有相关的法律可以制裁他们，不能为了面包和床，连命都搭进去。

她虽然“疯”了，但不“傻”。

疯人院女士先是炒股票的时候，大发了一笔。那一段时间，她飘得很厉害，她买了七个LV的包包，墙上挂得满满的，卫生间挂一个，浴室挂一个，里面装满卫生纸。

她那阵子，似乎看谁不顺眼就可以干掉谁了，她甚至打热线要除掉谁谁。她最大的口头禅就是：“我要干掉×××。”结果就这样的一句话惹来纠纷，本来只是过度惊吓，加上一些语无伦次，她真的被当成疯子了。

她们房间的墙上有一幅世界地图，谁想要哪块地就可以告诉那个做测量的女人，她会很细心地描好区间，把那块地送给你，同时写上你的名字，很多疯子在排队预约，她看到这个，只觉得好笑，你要没疯，你一定会大笑，但这样卖土地的做法并非不可行，你甚至要带上橘子、香蕉和牛奶，为了让自己拥有地球上的一块土地而奋斗。来这里一年多的一位室友已经拥有半个地球了。

不久，医生告诉她，她只是受惊过度产生幻觉，观察后并无大碍，必须强迫出院了。

虽然很不舍得，她在纸面上写上一些股票的名字，叫上这群疯子，一人钩一只股票，指望着出去翻身，这些人虽然疯了，但他们每个人都装成仔细思考的样子，然后在众多名字里打上钩，她真的按照那个去押宝，结果又暴发了一次。这次，她真的是发财了。

大家发现她不知道什么时候就永远消失了，似乎没在地球上面存在过。这似乎更像一个荒诞故事，谁都不信，只有一位失业在家的热线小姐，天天会收到一个陌生的电话，将电视里的人分成一组一组的，要把他们统统干掉。

二十万贯

归零女士

【判】中年离婚 从零开始

【令】婚姻有痒者饮

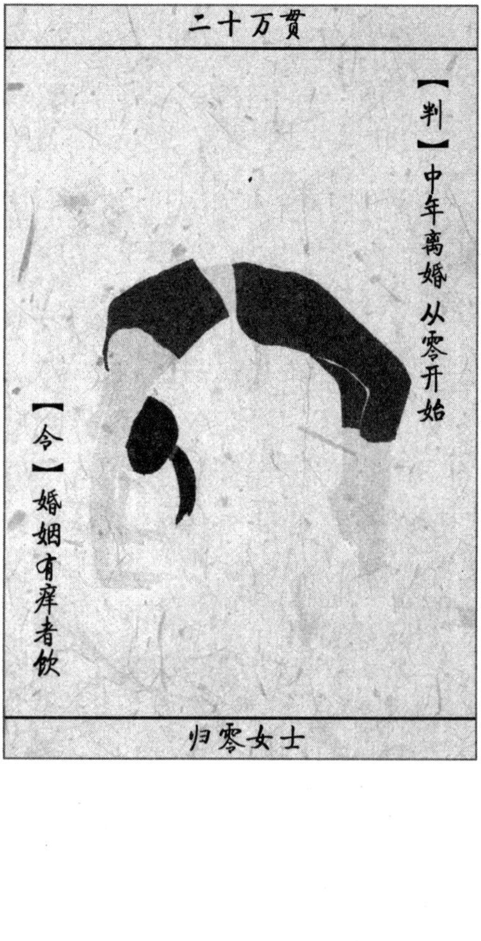

女人和男人的关系，就跟齐威王赛马一样，

当你是中等的马，就抓住机会找匹上等马，

下等的女人赶紧找个中等的男人。

归零女士的牌面很干净。18岁，结识老公。22岁，完婚。她的老公和她同岁，两根筷子一样齐的年龄，一口气，夹出来一个女儿。30岁，离婚。接下去，空白。空白。

人生忽然在30岁如同号码牌一样归零了，在城市里转了个圈，仿佛政治课上，老师说否定之否定的哲学道理，事物经过双重否定，一个循环，在更高的层面上回到起点，但，这已经是新生事物了！一个女人经过两次否定，却非同此理，非但浪费八年青春不说，老天爷还丢下一个6岁的女儿，名字如同命运：丢丢。现在，她和女儿，都是单身了。

她有时会觉得人生像个梦，就像插在水里的筷子，不知道是梦幻把现实折了，还是现实把梦幻折了，孩子就是那个“梦”的一道折痕，醒来了，又不见了。

那些年和老公躲在逼仄的屋里，中间拉个白色的帘子，她在外头炒菜，他就躲在里面写作，油烟熏得白帘子好似印象派的水墨画。那男人就远远躲在画的后面，熬到孩子生出来，这孩子，就是他们俩一起射出的箭，箭还在空中，靶子却不见了，徒留惊弦空响，流年暗偷换。

她已不再年轻。当年在一起的姐妹都过得很幸福，一位姐妹曾和她说，女人和男人的关系，就跟齐威王赛马一样，当你是中等的马，就抓住机会找匹上等马，下等的女人赶紧找个中等的男人，只剩下那些自命清高的上等女人和那些条件不堪的下等女人，孤零零地躺着，卧看牵牛织女星。

20 岁的女人就算上等女人，这是女人这一生中最好的年华，20 岁的男人是下等的劣马，要什么没什么。可怜她是上等马的时候，却眼瞎得找了匹下等马。等到 30 岁了，这中等的马跑去找上等马去了，留得她这匹下等的马。全世界女人都在厉兵秣马，她的马厩却空着。她生命里的那匹上等马早已绝尘而去，一去不返。至于下等马？可以用中国某哲人的话，白马非马，劣马亦非马也。

可怜伊这老马，眼尾纹也有了，毛孔粗大了，眼袋也出来了，那匹下等马唯一的盼头就是在没人要前，赶快找匹家境殷实的中等马。更糟糕的是这马，还拖着一只马驹子。

好在，6 岁的女儿懂事极了。红红的脸蛋，不过似乎已经出点小雀斑的麻子，这么小就长麻子了。点点的，很像春节时候的芝麻糕上粘的黄芝麻。她们家三代都是那样的脸颊，三块芝麻糕，大小不等，但可以判断是从同一大块切下来的。

每次化妆时，对镜自怜，女儿就在边上，睁着忽闪忽闪的眼睛，半晌才说，妈妈老漂亮了，咱们走吧。再看你会爱上镜子的。她被孩子的话逗得扑哧一声笑了，转而又苦楚起来。用手指一点小东西的鼻子，你这小东西，妈妈老了，老难看啦。

去美容院吧，让她们给刷一下！原以为女儿会安慰下自己，没想到小家伙一副痞女姿态的挖苦。她对那小东西说，美容院也刷不好妈妈的脸了。墙掉了色可以刷，人掉了漆，刷不好了。小东西哇的一声大哭起来，她有时候真搞不懂现在的孩子怎么那么早熟，有时觉得就和姐妹一样，她不配做她的母亲。她将那个肉团抱在怀里，轻轻地安慰，不哭不哭，妈妈一点都不老，妈妈永远年轻的啊。

女儿是个乖巧伶俐的小东西，人多的时候，话很少，蹲在那里，用手托着下巴，呆呆地看着地上，心绪似乎到了另一个世界。有时候，她会若有所思地问你，妈妈，人会死吗？你要说会，她就再问，那妈妈会死吗？妈妈也会。那妈妈死了，我怎么办啊。问得你哑口无言不知道何以为答。干脆以后，她再问人会死否之类，你就说不会。

她又想了会儿，说，那人岂不是越来越多，世界的房子不够住了怎么办？警察指挥不了交通怎么办啊？排队买东西怎么办？……你被她问得，只好改口说，世界上还有个地方叫天堂，不够住的人都搬到那边。你别老操心这个，不是小孩子家管的事情。她圆圆的眼珠一转，拍拍你的肩膀，傻瓜！老师说根本就没有天堂！等你不够住就来不及了，政府能给咱解决吗？她真想揍她一顿，你丫的怎么什么都想知道！

但只有她们两人在的时候，她却出奇的闹腾，在床上搂着你的脖子大声地叫嚷：蚂蚁蚂蚁，蝗虫的大腿！蚂蚁蚂蚁，蝗虫的大腿！也不知道是哪里学来的，你真是一点办法都没有，这只母蚊子，你心甘情愿让它吸你的血，连烦人的嗡嗡声——难道拍下去吗？没办法，还得听着！

她知道新的生活似乎马上就要开始了，但生活这个圆圈，无头无尾，既没有开始也没有结束，不知道从哪里下嘴。年轻的时候，一次爱也没有恋过，稀里糊涂就结婚了。每次去 KTV，唱的都是《刘海砍樵》“刘大哥，你是我的夫，胡大姐，你是我的妻——”，一个是夫，一个是妻，一对夫妻仿佛从密林里冒出来，踱到车水马龙的都市。她的丈夫真姓刘。

她，下嘴唇磨磨上嘴唇，上嘴唇磨磨下嘴唇，每次拿不定主意的时候，她的两片嘴唇就先开始商量起来。商量半天也没商量个什么结果，得！她还是钻进一家婚介，却低着头，生怕让熟人见到，好比后台戏子的粉妆，万不能让前台的看家看去，看过了，即便演的六宫粉黛，台下看去，依然是后台的面粉三斤覆脸罢了。她的戏就完了。

介绍的人要她简单地介绍下自己，她拉着自己的衣角，又把手交叠地搁在一起，她的手很白，手指上空空的，一个戒指也没有，唯有左手无名指上还有当年结婚戒指的箍痕，刚好一圈。人家问她的条件，她误以为是问自己条件如何，脸涨得通红。她短短几个字地吐，最后再连成珠子。离异，30 岁，一个女儿。有房子，是租的。干行政，公司还算稳定。她努力把最后几个字吐得响亮。

人家叫她登记下，再提供两张生活照，她忽然才发现，那么多年的照片居然连自己的单人照都没有，只得用剪刀把一张几年前的合影剪开，两人离得还算开，刚好容得下一剪刀。她那时候还留着长头发，一脸懵懂的微笑，眼睛却很晦暗，似乎看不到前面的路，但剪下一刀后，眼神也似乎坚定了许多。她最后告诉工作人员，她最重要的条件就是：女儿喜欢。按女儿的要求找吗？那人似乎有些不相信自己的耳朵，这不等于给女儿重新找个父亲？

回来她就和女儿说了，请求她的原谅。未想那个小东西非但不哭，反而非常兴奋地拉着她的手，说，好啊好啊，我帮你找！她搂着她，好一会儿，说，主要还是你找，妈妈听你的。

偌大的城市都空了，只剩下她俩的影子，一长一短。

到肯德基去，她叮嘱那个小东西，你一会儿别叫妈妈，知道吗？叫姨，我就是你的姨！

好，老姨！

不准加老字！就姨！

姨！

那个男人的侧影似乎和肯德基的叔叔一样，一样的眼镜，一样的美国汉堡脸蛋，不一样的是没有胡子，刮得干净极了，脖子上开出一朵精致的领结，仿佛需要坐到橱窗里，才符合氛围。她小声地问那小东西，怎样！她小声地拉着她姨的衣角，太老！老吗？嗯。

她们俩过去同那位橱窗模特打完招呼，他瞥见孩子似乎有些惊讶，等她强调只是她的侄女，他的眼神才缓过来。开始问这问那的，似乎在打探什么。她干脆借口上洗手间，只留下小东西在那。

她用小手抓不住那个香辣鸡腿堡，只得用两只手抱着，弄得满手白色的奶油。她只得一边用舌头舔，一边开始甩。弄得他那件白色的礼服全是奶油，他怒火中烧，又不便发作。堆笑道：你别甩了，把叔叔的白西服都弄脏了。她瞪他一眼，都是白的呀，没关系。

她开始从桌子底下打量起那个男人，亮得可以照见脸的皮鞋，却穿着一双红色的卡通袜子，白裤白衣，黑领结很像大花猫脖子上的，两边耷拉地向外开着。牛犁过好几次的头，锃亮，简直可以在上面滑冰。她开始用审判的语气问他，刚才他问的，好不好吃那句话她就装作没听见，毕竟吃人家的，嘴短。这，她还是知道的。

“你结过几次婚？”

“什么？”他没想到这个小东西会问这类问题，“一次。”只好老实回答。

“怎么离了呢？”

“……”他开始不知道怎么回答法官的问题了。

“家里有几个孩子？”她瞪着他，似乎怕他说“有”，最好是“无”才放心。

“没有！叔叔还没要呢！”他堆笑，再问真要发作了，真若是他家的孩子，早揪到膝盖，翻过来打屁股了！可惜不是。

“嗯，你觉得我妈怎样？”她发现她说错话了。

“你妈？”他的眼睛直勾勾地看着这个小孩子把霸王餐吃进大肚子里去，无奈做了回袁大头。他侧过脸去，就是一枚闪着光的美国

“袁大头”（冤大头），领结那个角度看是都督的领章。

她们俩走在路上，小东西开始苦着脸，轻轻拉了下她的衣角。对不起。她忽然很想哭，紧紧地抱着她。她有时候会觉得自己像一杆星点开始模糊的秤，女儿就是那个小秤砣，它不断往后，往后，再往后，要是没有她，秤杆子就会高高翘起，获得一种上扬的自由与快感。但现在不行，她处处要找到生活的平衡点，小心翼翼地移动秤砣。把鸡毛点的事，称过几次才做数。

连恋爱，既是自己的，也是女儿的。她真的不甘心！她有一种逃跑的想法，好像30忽然倒回头，20，她又可以重新活回来，什么女儿，烦恼的人生啊，琐碎的生活啊，母亲的责任啊，都他妈的见鬼去吧！她，首先是个女人。

她开始偷偷地把写字台上的照片藏起来，用一层黄布片包起来，又舍不得地打开，瞧上最后一眼。包好，两个影子还在布片后，成了茶渍般漾开的轮廓。她主动地不提自己的孩子如何，把我家××这类的口语全改成“我”，她觉得短暂地忘掉下可以让自己从绳套里下来休息会儿。

她开始相信命了，跑去问算命的可有桃花。但明着说姻缘，孩子也在场，但这回她纯粹是为自己问的。看相的望了望她的脸，离不开天庭饱满、地阁方圆的老套。但他说她的相，有三星回日之征兆，什么是三星回日。算命的解释，这三三归一，道生一，一生二，太极两仪四象之学遥不可测，简单说就是许仙遇白娘子，青蛇在场。若是两人直接相遇，则或许有缘无分。唯第三星在场，则三星可聚日边。这一算吉日，正是明年三月初四，阳春之时。万物复苏之日。这话只能当得安慰而已，却被小东西听进去，尤其记得，需要带上伞，湖边借伞者，正是有缘之人。

天地之大，万物若蝼蚁偷生。天地又很小，小得容不下这样的一对母女，她和她，两粒尘埃大小的生灵，轻轻吹口气，就再也找不到了。你要见到她们也很麻烦，在雾气笼罩的地球表面，用扇子把云雾扇走，找到一张最新版的世界地图，在公鸡样的一块底盘里，找到具体的位置，你会看到，大地上有许许多多的雨伞，其中一把小红雨伞，像小得可怜的野花。伞底下就是那个等待母亲姻缘的小女孩。她穿着小的红色靴子，走在湖边的小道上。

雨滴在湖边，一个小泡，一个小泡。她左顾右盼，看到一位中年男子，在濛濛的烟雨里，亦不打伞，亦不奔跑，只是静静望着湖面，良久。她琢磨，八成是他了。她一步步地带着小伞，逼近那个男人。他看着湖面，她也看着湖面。他看到边上一把小伞，小伞下一张非常稚嫩的脸，眼睛从伞下吃力地瞄他，又怕他发现。他蹲下来，问："小朋友，你妈妈呢？"

她眼光闪烁，但不说话。半天，吐了句：

"你要伞吗？"

他看她的样子，微笑，叔叔不要，雨小。他又朝湖的对岸看。

"你结婚了吗？"这回她问得很柔和。

"……小朋友，你问这个干什么啊？"他觉得小东西有趣。

"不为什么？随便问问。"她又小心起来，她也学着大人的样子看着湖面，"你家有小孩吗？"这个问法比上面的隐蔽很多。

"有啊，比你还大几岁呢！"他漫不经心地说。

“她妈妈管她吗?”

“管啊，当然管啊!”他只是顺着惯性。

“她妈妈管你吗?”她很小心地绕到这句话，似乎就要得到答案了。

他只是微笑，微笑，轻轻地抱着她，她很灵巧地把伞举到头顶，一把小得可怜的小雨伞，他俩就像父女一样，躲在伞下。经过的人准以为他俩是父女。她开始调皮地把伞转起来，唱着：蚂蚁蚂蚁，蝗虫的大腿！蚂蚁蚂蚁，蝗虫的大腿！他笑起来，她问他，好听吗？他说好听是好听，就是不像女孩子唱的歌哦。她横眉一撇，要你管啊！下来下来！放下来，这小东西脾气不太好哦！她仰视着他，又问了句，你在等谁呢？他温和地说，我在等我女儿的妈妈！她忽然瞪大了眼睛，然后圆圆的眼睛开始变小，最后像一只猫，眯成一条线。开始哭鼻子。他不知道怎么办了，说，怎么了，怎么了！她哽咽地叫着：叔叔……白娘子……许仙，我………呜呜呜——呜哇呜哇。他听不懂她说什么话，她独自泡在她的小世界里痛快地哭着，一会儿就不太哭了。他说你不哭了。她点头。

“你把叔叔的衣服都弄湿了!”

“反正你已经湿了，我的眼泪比雨点小多了。”

“小吗？你这是倒下的滂沱大雨，带着泥的。”他看她的脸一道一道的沟。

她忽然指了下不远处，我妈来了。他顺着她的手指，一把大的红伞向这边走来，很着急的样子。她开始叫妈妈，女人走近，说你乱跑到哪啊，找你找了两小时。

小女孩低头，不说话了。略有点雀斑的女人朝他点头，说谢谢。他说了句不客气，她俩就消失在雨中了，模糊的雨声里还混杂着“蚂蚁蚂蚁，蝗虫的大腿”的声音。

【女人部】

女人者，奔波劳碌而不知其所终之女性也。

一十万贯

房女人

【判】良田千顷 不若陋室一间

【令】喜置房产者饮

小时候老师让画《我的房子》，她画的是一只蜗牛，背着房子蠕动。那房子很像欧洲的教堂，尖尖的屋顶，一扇玻璃窗，蜗牛可以任意驮动。

房女人最大的理想，就是能在城市里有间自己的房间。吴尔夫说，每个女人都有一间自己的房间，但房女人没有。她希望的房间却不是间，倒更适合用“格”来形容，在万家灯火的楼盘里，一格而已。小时候老师让画《我的房子》，她画的是一只蜗牛，背着房子蠕动。那房子很像欧洲的教堂，尖尖的屋顶，一扇玻璃窗，蜗牛可以任意驮动。

房子的感觉，便如同测字先生所说的“安”字：一女子头上有一“屋檐”（宝盖）可避风雨，有屋顶，屋檐下的女人才有安全感。这道理，房女人最知道，一个单身的女人，获得了房子，就获得了安全。

在房女人生活的城市里，到处是堵车的马路，还有挤得像压缩饼干盒子一样的公交车。她最害怕挤车。她害怕弄脏自己的新鞋子。一车厢里的人像一条大蜈蚣，穿着五花八门的鞋子，从高档皮鞋、靴子，到布鞋、破鞋，一应俱全。环线上的车，售票员高峰的时候需要用肩膀把人像铆钉子一样钉进去，然后最外边的人的脸贴在玻璃门上，汽车扑扑开动，这样的地方，你为什么留恋它呢？

找房子的时候，把偌大的地图摊在桌子上，看房子最关键的无非地段、价位、户型、产权。房女人的简便办法，是先在地图上标出楼盘位置和价位，将相同“价位”的“点”联系起来，构成“云图”的样子，看到满纸的“云图”：中心处是 2 万以上的，1.5～2.0 万的一圈，1～1.5 万的一圈，1 万以下的已经在五环外了，再远些是 8000 以下的，一圈圈地螺旋转动起来。

她忽然有一点惆怅和感伤，一个楼盘的价位线是不是将你的生活空间也切割了，上等的人住在城市的中心，中等的人挤在城市的边缘，下等的人呢？只能被排在城市的外面，这像是一个放射的车辐，大家都被一些无形的“压力线”和“高压槽”所控制，这是城市里最现实的“天气预报”，而她，找不到自己的位置。

房女人买房的打算很现实，找一个交通方便的地方，即使买个二手的开间也行，所谓宁要城里一张床，不要城外一层楼。原因有三：第一，越是靠近繁华的 CBD 或者地铁线，租金也会越高，即使不住的话，租出去负担也不会太大；第二，在城市里虽然空气不好，但节约时间成本，她可不想做几十年的“在路上的人”，用一句流行的 MSN 签名：我不是在上班，就一定是在上班的路上；第三，她还有更长远的打算，目前北京郊区的房价远比市内低，一有钱可以先拿下一套大的，首付不多，平时可以住下的，周末就住在城外，父母年老的时候可以接到城外住，20 分钟的高速就可以到北京，这是一种经济且节约的养房套路，所谓城里开碉堡，城外开养老院。

她的运气好极了，正巧有对年轻的夫妇要买新房，原来的那个小单间打算卖掉，总共也就三十七八平方米的样子，使用率按80%算，也不过30平方米的样子，处理价位只有8000左右，好歹家里凑凑，就能全款拿下，即使借些钱也划算。但因为房子拿到房产证还不到五年，营业税还得好几万，这几万块就等于捐献给政府了，她觉得有点可惜，这些钱得省吃俭用一两年的。要不？她忽然有个主意，两家先签合同，她把全款一次交清，但那个营业税的尾巴等房子到五年也就是半年后过户，双方都同意。签了合同，合同上还写明违约的赔偿。

她终于有了自己的房间，这种感觉高兴得可以让你跳起来。你在这个偌大的城市里终于有个可以栖身的空间，好像船有了码头一样喜悦。她可以在抽水马桶上涂鸦了，可以在墙壁上挂俄罗斯的油画，任意处置，想干净就干净，想做什么就做什么的地方，家是一个能让女人解除一切武装的地方。

那半年的日子真的很开心，她又开始添置家具，布置气氛。在城市里面，女人自己要对自己好点。再过三个月，那个房子就要完全属于她了。那天早上她刚上线就收到邮件，对方以现在的房子太远，想把房子收回去，反正现在还没过户，她彻底愤怒了。她打电话给他，激动地说，我把钱都给你了，我们还有合同的。对方咬住，我可以按合同把违约金双倍给你，不就是违约吗？她冷冷地说，现在的房价涨了一倍，如果我不解约呢？那你就一直住着没有房产证的房子吧，对方把电话挂断。

她忽然觉得在城市里，自己相当相当地渺小，小时候，看一只一只的蚂蚁很小心地爬进杳深的洞穴，总在猜想里面到底是怎样的世界，在里面的蚂蚁看外面呢，也许是更大的世界。躲在城市格子里的女人，有多少在里面偷偷地叹气，而她，是一个丢了“宝盖”的女人，一个“安”字成了弱小女子的“女”字，接下来，又要开始漫长的风餐露宿生活。

房女人的房子，只是薄薄的蜗牛壳。现在，又不见了。

京万贯

卡女人

【判】为钱所迫 为卡所困

【令】花钱大手者饮

卡奴从技术层面分为：屎壳郎型卡奴、西西弗型卡奴和杂技型卡奴。屎壳郎型卡奴是卡奴里的庸才，负债若屎壳郎推粪球，越推越大，最后被粪球压死，散财若水，只出不进，不死才怪。

卡女人买颗扣子也刷卡，她说的最多的话就是：你这能刷卡吗？去买什么都本能地这么问，久之，就有卡女人的绰号。你再看看她硕大的“卡包”，齐齐三大排卡，什么卡都有，美容卡、健身卡、VIP 卡、优惠卡、体验卡、试吃卡、品牌卡、旅行卡、宠物卡、代金卡——卡女人就是一个刷卡机器，她有的时候甚至不带钱出门，遇到洗手间收费的时候，只得在门口急得跺脚。姑且名之：刷卡一代。

然而她的老公却有代沟，见不得人今天花明天的钱，老是挤对着，你这卡奴鲁鲁（碌碌）的生活何时结束啊？这卡奴鲁鲁听上去倒有些火奴鲁鲁的近亲，好歹人家还有避风港的意思（火奴鲁鲁直接翻译过来就是避风港），卡奴是穷忙族的拥趸。这么说，卡女人是把 Card 当成生活的马赛克那样的用，卡片就是瓷砖，道理一样的。

但卡女人最害怕被人说为卡奴，其实在你成为刷卡族前，需要给你普及下简单的常识，常常有人简单地将刷卡族等同于卡爆族，其实不然，用卡人最大的一点诀窍就是做到：收支平衡。

这么说吧，在你成为卡女人前，需要给你普及卡奴的哲学，卡奴从技术层面分为：屎壳郎型卡奴、西西弗型卡奴和杂技型卡奴，屎壳郎型卡奴是卡奴里的庸才，负债若屎壳郎推粪球，越推越大，最后被粪球压死，散财若水，只出不进，不死才怪；西西弗型卡奴如西西弗滚石头，比较辛苦，但能维持负债现状；而杂技型卡奴是卡奴的超凡入圣的境界，为卡奴里的思想者，做这类卡奴，如杂耍玩球，学会将“债务”之球抛入高空，这样自身负荷就会减小，比如负重过桥，三个球很容易把桥压断，若始终有一球在空中，则可以安然走过。

卡女人的技术就是这类乾坤大挪移。她有自己的一套以卡养卡的办法，比如申请三张额度基本相当的信用卡：A 卡透支 1 万，第二个月用 B 卡透支 1 万还 A 卡，第三个月用 C 卡透支 1 万还 B 卡，第四个月用 A 卡透支 1 万还 C 卡，如此循环。用这样的办法，可以一直享受银行的无息贷款。但也会遇到运气背的时候，通过网络转账不通的时候，这时就够卡女人手忙脚乱的了。

卡女人记得有次刷爆了卡，又赶上还款日，把家里所有的现金都贴进去了，那一星期，吃包泡面都得上大超市，再赶上银行的网络不通，急得她眼泪汪汪的，看来，用卡也不能用得太狠啊。

但你一旦与“卡女人”理论，她又会理直气壮和你说，为什么她不花现金，而要刷卡，道理很简单，比如你去超市买一包方便面，一块五，用现款买吃了，成了排泄物就没了。这一块五就是死钱；假如你刷卡买泡面，把这一块五存到银行几个月能涨几分几厘几；投到股票市场，能涨几分几厘几（当然也可能赔，但有涨的可能），一块五买一个一平方微微微米的地皮，能涨几分几厘几。卡女人的投资哲学就是，把现金尽可能用作投资增长，而把日常的开销都让银行支付，就是说银行供她吃住，她自己的钱去生钱。

卡女人还举了一位朋友的例子，人家卖机票的，每位来买机票的，都自己刷卡代买，这几张卡一转，这一年可以用信用卡买栋房子啦，卡女人的老公脑子很像泡在福尔马林的液体里面，他不知道该说什么！他只是告诉她，你可悠着些，哪天银行找上门要钱，我可什么都不知道呢！我是个卡盲！卡女人呵呵地笑起来。

老天爷也有不长眼睛的时候，卡女人的包不知道什么时候被割开，里面的卡包不见了，这下可把卡女人吓得面如土色，一天内挂失掉几十张卡，一个一个地打电话。当卡女人把卡包被偷的消息告诉老公，他觉得眼前天旋地转的，那些卡片忽然成了脖子上的枷锁，直接卡了上来。当然，单挂失就够他们忙活一阵的，有多少便利，就有多少麻烦，卡女人一把鼻涕一把眼泪的，只好自己吞下去了。她忽然有一点印象，似乎在地铁里，一个穿着绿色的身材瘦小的女人不断靠过来，她当时并没意识到，因为她和一般的扒手真是不同，脸上很白净的，看得出经常保养的样子，涂着一层薄薄的紫色唇膏，现在说什么都晚了，上帝保佑她的那些卡。阿门！

十万贯

夫女人

【判】君为臣纲 夫为妻纲

【令】唯夫命是从者饮

东边是如来佛，大日如来，住在太阳升起的地方；南边拜观世音，南海观世音菩萨在南边；西边是阿弥陀佛，念声阿弥陀佛，往生西方极乐；北边暂时还没有，但伊的婆婆和公公在北边。

茄子蔫了，蓝筹升了，白菜囤了，股票赔了，猪肉贵了，经济危机了！

夫女人的老公是电视台某知名节目的夜班编辑，三班倒。夜里工作，白天睡大觉。所以他很像只猫，白天，眼睛眯成一条缝隙，夜里，则睁得滚圆，燕人张翼德式的睡法，不过没他黑，鼻子却红过他。

睡大觉也就算了，问题是这厮还炒股票，搞远程遥控。像她没读过书就跟着男人过日子的女人，知道什么股票啊。她男人就告诉她，红的，就是升了！绿的，就是降了！天哪，打那以后，她每天的工作就是去股票交易厅里看着那些红红绿绿的数字，跳啊跳啊跳啊的，那小心肝就提在嗓子眼里，卡在那里，不上不下的。连过马路看到红灯，也会莫名奇妙地高兴起来，看到绿灯，就会很焦躁不安。哪家女人穿件红色的衣服走过来，她会不自觉地绕着她走来走去，像斗牛看见红布一样。

原先交易厅里有个疯婆子，天天蹲在那里，她俩连蹲的姿势都差不离，但有一天，她忽然听到一阵狂笑，夹着一阵阴冷的风。那个疯婆子直往外头跑，满嘴巴我要干掉谁谁的。

总算买了房，是她陪他去的，那个售楼小姐穿了件绿色的衣服，她一见她就发抖，怎么也管不住自己。为了省钱，他们改为素食。听说白菜很便宜，他们干脆买了100斤，刚好家里有个地窖，把白菜堆成A字，天天拿火锅涮了吃，吃得打饱嗝都有白菜帮子的气味。那阵子，她不但没瘦，还胖了8斤，划算极了。

冬天到了，得给老公买件保暖的羊绒毛衣，去买毛衣，你一定不能太相信标签上的羊毛含量，比如写着18.8%山羊绒，也许只有8.8%，拿手抓抓暖不暖就可以，18.8%和8.8%的来比，相当于两只山羊榨绒，和一只山羊榨绒，她脑海里不自觉地有两只山羊走到机器上，拖拉机般噪声一响，只留一地山羊绒。

两个人在的时候，她总是数落那个临时工。电视台民工，三无人员。还不是为点卖命钱，天天像蝙蝠一样倒挂在你们台天线上加班，白天回来睡觉，千万别以为我们家是看中你这个电视台的名号才把女儿卖给你的！你也太小瞧我们了！

她的家在农村，很偏僻的山沟。嫁到城市里的没几个。她是家里的荣光，回家会对以前的同学和玩伴说，他们台里，他们台里……有时干脆说我们台，这样说觉得很舒坦。她有义务往她男人脸上贴贴金，母以子贵，妻以夫荣。像她这样嫁鸡随鸡的女人，就是种子，撒到哪家的庭院，就要让根牢牢地抓住泥土。何况，她觉得自己一过门，就是他们家的财产，维护自己的体面是必要的。她的婆婆甚至对人说，她是个很乖的女人，该生孩子了，就自己偷偷地把孩子生了，叫都不用叫。

轮到搬新家了，她总算也有把钥匙了。她对他说：我搬进来了，你这辈子别叫我搬出去。她觉得这房子的一半是她的，是她陪他在满山坟堆的鬼地方睡了一年睡来的。搬进去最重要的事情：叫公公婆婆来这住几天！他们有房了！

虽然家也是她的，但布置上还是要听她婆婆的，婆婆和公公专门坐了两天两夜的火车赶来，买家具，看看装修有没有掺水。墙壁的颜色，她很喜欢粉红的，很温馨。有了孩子，就更有温暖的感觉。但是伊婆婆说花花绿绿的不太好看。也别贴画了，撕掉还弄脏墙壁。

婆婆信佛，所以家里添了个红木的佛龛，摆着药师佛，婆婆指点，拜佛，切记心要诚，心诚则灵。而且方向不能错，东边是如来佛，大日如来，住在太阳升起的地方；南边拜观世音，南海观世音菩萨在南边；西边是阿弥陀佛，念声阿弥陀佛，往生西方极乐；北边暂时还没有，但伊的婆婆和公公住在北边。

她最近常和男人吵架，自从上次吵架时，他无心说了句：滚出去。伤透她的心，她整天变得魂不守舍，万一自己真的被赶出去，一没工作，二没亲戚撑腰，三没有房子，她才是真正的三无人员，难道拿结婚证当被子盖吗？

哭哭打打了三天三夜，直到男人答应把房产证过户给她一半才心安。第二天，她又起来洗衣服了，夫妻俩，哪有隔夜仇呢？

毕竟，她是他的，只要他，对她好。

九万贯

宠物女人

【判】宠物是恩宠的造物

【令】家有宠物者饮

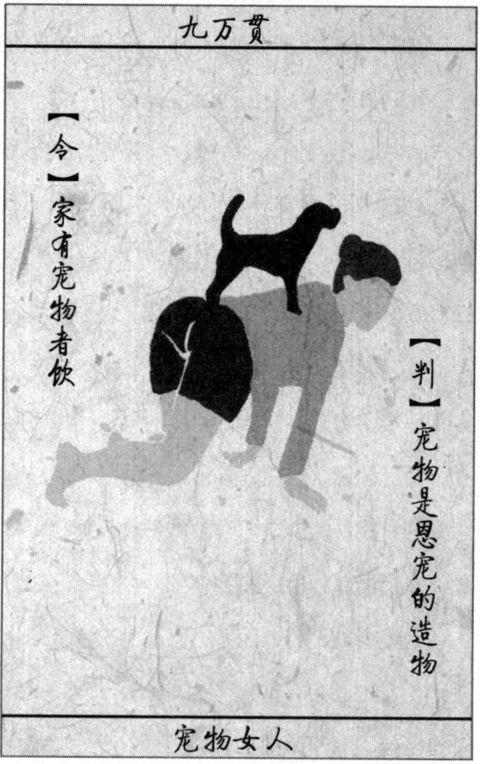
九万贯
【令】家有宠物者饮
【判】宠物是恩宠的造物
宠物女人

大家坐在槐树底下，谈将来有钱了怎么办。……问到有个女人，她愣了下，说要同时排开十几口煎饼锅子，削他几斤大葱，然后包上人参啊，鲍鱼啊，燕窝啊，鱼翅啊，熊掌啊，通通咽下去，不带嚼的。

乡下女人和乡下女人经常在一起谈城里女人，那个说眼圈跟灶台熏出来、嘴唇和涂了鸭血似的，这个说对对，穿的衣服低得两个奶子都要掉到外面了，省布料也不能那么作践自己啊。

家门口几棵槐树开了花，满地槐花，空气里弥漫着淡淡的香气。摊煎饼的时候，放点槐花进去，即使包着半肥的肉也不显得油腻。大家坐在槐树底下，谈将来有钱了怎么办。那个说要买一摞新衣服，这个说要买辆高级轿车，问到有个女人，她愣了下，说要同时排开十几口煎饼锅子，削他几斤大葱，然后包上人参啊，鲍鱼啊，燕窝啊，鱼翅啊，熊掌啊，通通咽下去，不带嚼的。大家哈哈一笑，只当是槐树下的一个大笑话。

说笑话的人未想笑话却成了真，老公在城里做生意发了一笔大横财，真的将她变成有钱的女人了。这让宠物女人没有任何思想准备，连摊煎饼的十几口锅还没来得及买，就要跟着老公到城里的高尚社区去住。

褪下一身油污的脏衣服、袖套、围裙，一下子穿得珠光宝气，连镜子都不敢照了，男人送了张金色的卡，听说连钱都不用取，直接给人家刷一下就可以，她不明白这和打劫有什么区别，但从人家点头哈腰的表情里，她真的像做梦一样。自己的四肢和头从各种衣服套里伸出来，跟乌龟换了体面的壳一样，多亏她经常拜拜黄大仙，或者上辈子积德磕头够了数，这辈子老天让别人给磕回来。总之，她都没想好怎么花，这娘娘的命就找上门来了，弄得她连和老天爷讨价还价的余地都没了。

她的男人长期在外头跑，所以家里不免寂寥，男人特别配了只狗，大金毛。男人交代商场随便逛、想玩什么玩什么、想买什么你自己做主，但不要出去丢人。见谁无论男女，都别叫大兄弟、大侄女之类，更别叫同志，城里的人会揍你的。

不要说话大嗓门，不准大声笑，不准盘腿坐，不准吃大蒜后出门，不准骂人，到商场买东西不要还价，小区里的女人一律称呼太太或小姐，别叫错，不准和用人说家里的事情，更不要讨论怎么做菜……她听得头都大了，那些习惯像爬山虎一样爬在大脑里，一天之内要她全部拿掉，这娘娘也不是什么人都能做的吧。

唯独养狗这件事，她是自信的，在家里就有一只把门的大黄狗，吃点剩菜剩饭。可这城里狗的脾气——她还没摸透，不好说。后来养了几天才明白，这城里的狗比乡下的狗金贵很多，分个三六九等，英国美国联合国，纯种杂种外国种，一到遛狗的时间，各种狗都招摇过市，大眼小眼，长毛短毛，身上一条毛裙子、扎着辫子的，脸宽的脸窄的，走起路来和大屁股女人一样扭来扭去的，穿着毛背心的……每只狗的后面都跟着个妖精样的女人，认都认不过来，全部嗲声嗲气地叫：小宝贝小亲亲小可爱，给妈妈亲一口！听得她全身起鸡皮疙瘩，哪里如她赶驴这般干脆："走！""过来！""滚！"

在家的大黄听到这几个字是百依百顺，但这只大金毛，根本不买账，这大嗓门只惹得一群女人哄笑，连物业的门卫也在窃笑，这让她羞辱极了，连那么有钱的男人都被她管了，能管不住这下贱的狗！实在不行，给它放点血，就老实些。

这遛狗也是极其麻烦的事情，每天遛四次，遛少了，那狗东西就在家里拉屎橛子。她把闹钟都定好了，耳朵竖着等铃声，现在才明白城里的女人一点都不好当，连养条狗都如此麻烦，还不如在家摊煎饼来得自在。那时候冬天家里穷，男人就叫她小名"热炕头"，媳妇就是给男人暖炕头的，她想到那个名字就很温暖，现在躺的水床，软得脖子都落了枕，真想把门板换下来当床躺，连狗都单独一间卧室，一床被子，有时感觉是不是做梦，闹钟又响了，她又得遛狗了，对了，还要去专门的宠物店给它洗澡做头发，想到这，她越发烦躁，这和伺候二奶有什么不同，何况这畜生更像大奶呢？

这两天她偷偷地去听那些养狗的女人说话，这狗的名字还稀罕呢！美可卡、英可卡、吉娃娃、藏獒、撒摩耶、拉布拉多、查理士王……我的妈啊！她从来写狗字的时候，没想过世界上有这么多的狗东西。更没想过养狗的女人们竟然把狗的稀罕作为衡量身份的标准，你家的狗越稀罕，你就越尊贵。她们常常暗地偷骂：瞧那个老女人的破狗，杂种狗，什么样的人养什么样的狗！这些无意或有意听来的话让她背上一阵凉，原来……原来……

她明白了，女人原来可以依靠畜生的尊贵来体现自己的地位，这是城里人的方法。她也可以试试看，别叫这些城里的臭女人小看了自己。她有了个主意。

“老公哦，怎么咱们早上起得这么迟呢？太阳都照小屁屁了。”

“老公，你说我们今天去买什么呢？昨个晚上我们睡得太迟了！”

“老公啊，我今晚给你暖暖炕头呢，嗯呢，嗯呢……”

大家张大了嘴巴，看着这个可怜的蠢女人边走边笑，又是落槐花的日子了，城里却找不到一口煎饼锅。

八万贯

花痴女人

【判】流质易变 花心不改

【令】花痴者饮

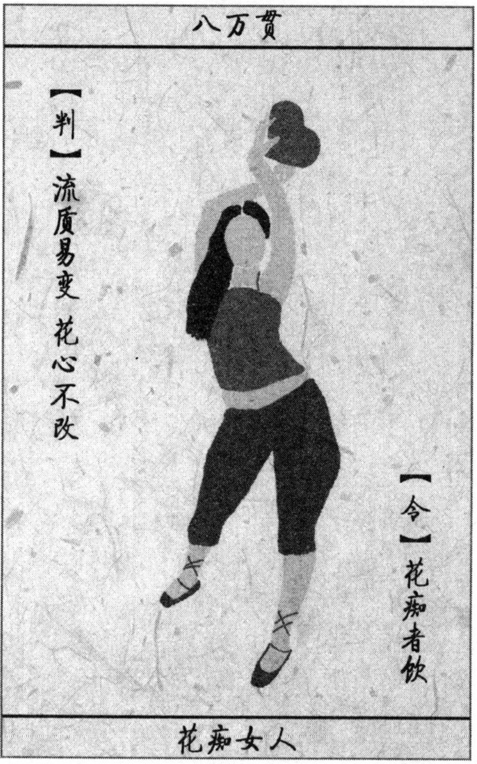
八万贯
【判】流质易变 花心不改
【令】花痴者饮
花痴女人

……“你最近喜欢怎样的男人”……大家才发现，花痴女人是所有女人心口上的窗户，通过她，大家都可以看到自己心里隐约喜欢的那类。

花痴女人年轻时候是个多情的小姑娘。她总是像大人一样煞有介事地告诉你：我这辈子怎么也得有十几个男人！真的！你不信！等着瞧吧！又不是守灵的，为什么要绑在一棵树上呢！

你要问她，你喜欢哪类的男生？她会想一会儿说：我最近喜欢身上有淡淡烟草味道的男人，有很明显的喉结，金城武那样的脸，你说话的时候，耳朵忽然就聋了，就看着喉结动啊动啊，迷死人了！大家同声骂句花痴，就散开了。但“你最近喜欢怎样的男人”成了所有人问她的问候语，相当于“你吃过饭了吗”。

“你最近喜欢怎样的男人？”

“最近啊，我得想想，对啊，我在地铁里看到一个男生，脸上还有道疤，背着吉他，嘶哑的声音，他自己创作的《跟我一起流浪》，我听得眼泪在眼眶里绕了几圈，要是我生命里能有这样的男生为我写这样的一首歌，我立刻就嫁给他了！”

大家又开始挤对她了，你得了吧。你一周喜欢不下七种不同类型的男人，一周可以嫁七回，十四本国家颁发的证书。她就会微笑地露出两个小的酒窝，这没什么不好啊，你们嘴上不说，难保心里不想。

有一个男生在她心中有着很重要的位置，初恋的时候，哆哆嗦嗦的，从来没有勇气看她眼眸，第一次示爱的时候，那个男生居然把外套一脱，不知所措盖在头上，好像自己是个盛装的新娘。闷在里面大声地叫：我爱你啊！我爱你呀！男女之间，隔着一道帘子，胆子也大了许多，你一掀帘子，这厮又马上蔫了，只剩下蚊子般的动静，那个男生的鼻梁上有星星点点的斑，这张脸被岁月洗得模糊了，只剩下昏黄几个点。生命流过去的男人是不是都如同鼻子上的斑点，红色变成暗红，暗红转为黑色，黑色淡为深褐，浅褐，然后你又红光满面地生活。

花痴女人是个心里能容下三千大男人的女人，她上次公交车也能碰到好几个不错的男人，她开始喜欢瘦瘦的有结实胸肌的男生，后来又觉得那种略胖的可以像气垫船拿来躺的才是主流，她喜欢有坏坏眼神的男生，最好是单眼皮，又最好有点孩子脸，她还喜欢很 MAN 的男人，一只手可以把她拦腰抱起，像拖只小兽一样……

“你最近喜欢怎样的男人？”大家似乎好久都没这么问了，显得很孤单和寂寥，自从花痴女人不声不响地结了婚，大家就不太敢拦住她问一句“你最近喜欢怎样的男人”，办公室的气氛很沉闷，大家才发现，花痴女人是所有女人心口上的窗户，通过她，大家都可以看到自己心里隐约喜欢的那类，其实也只是想想，想想那些曾经拥有的感觉，大家挖苦她一下，仿佛是咸亨酒店里孔乙已那类的人物。现在连这扇窗户都关闭了，大家心里有种说不出的忧伤和惆怅。以后只好在静穆的空气里生活了。

在花痴女人的隔壁办公室是干物女人，现在大家开始发现同样的单身女人，会有多大的差距了，有的人害怕爱，有的人爱不怕，无论是害怕爱的，还是爱不够的，最终也不得不去爱，爱不怕的，总也有累掉的时候，于是所有的女人似乎都朝着一个单一的脸、单一的幸福感走去，这是最最可哀叹的，谁也改变不了。

花痴女人呢？也似乎安静了许多，她的老公既没有金城武的脸，也没有气垫船的肚子，更没有健壮的身材，一副圆圆的黑框眼镜盖在国字形的脸上，唯一有的是不断蠕动的喉结，在得得瑟瑟地说话，看得出是个厚道老实的人。一些人仍然无意说了句："你最近喜欢怎样的男人？"花痴女人的那双发亮的眼睛已经黯淡，她的脸上依然有着岁月的喜悦，不是活蹦乱跳的喜悦，是石子落在深潭里的涟漪。她皱了下眉头，哪里有空啊，整天忙着料理家务！吊在一棵树上的女人也是幸福的。

花痴女人还是每天坐车上班、急匆匆地过马路，她的发髻盘起来了，脸也变圆了，身体也臃肿起来，肚子慢慢隆起，整天拿着育儿的书，动不动就是我的孩子几个月他爸爸如何如何，大家似乎早就忘了"你最近喜欢怎样的男人"那句话，那句话刻痕一样在地球上消失了。

花痴女人，是一艘沉没许久的古船。

七万贯

便当女人

【判】男人是女人的便当

【令】便当族者饮

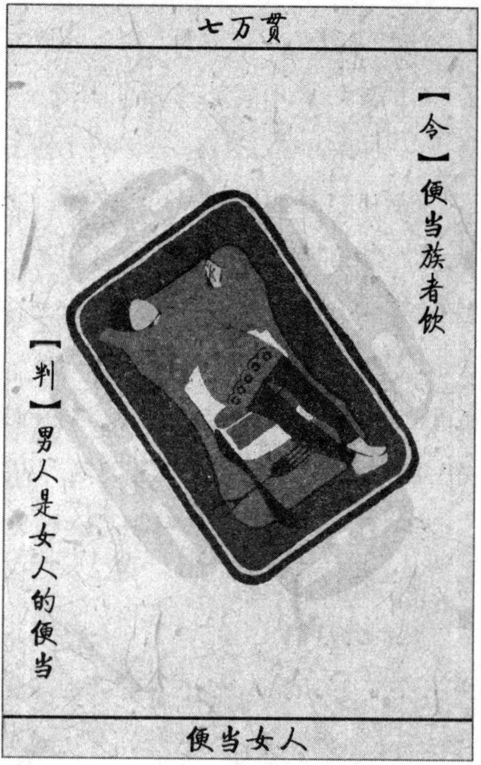
七万贯
【令】便当族者饮
【判】男人是女人的便当
便当女人

便当女人想，原来晚上睡不着还干这个。她径直问：你晚上睡不着，还干别的吗？小刘忽然抬头，你怎么知道我晚上睡不着的？

一到吃饭时间，就会发现吃饭其实是一门学问。几个同事迫不及待地拼桌子解决，兀自解决生存问题去了，留在办公室的女人，呆呆地想：今儿个吃什么呢？大凡有这类困惑多少是对吃饭还留有味觉期待的，也可算是与便当女人不在一个道上。

便当女人，一月下来，天天在办公室里叫外卖，人家给个雅名：便当皇后。丽华快餐、恒久快餐、粤澳快餐—— 一个个叫得让你向往一种贵族典雅憧憬，可是到了一看，仍然是聚乙烯的白盒子或者红底透明饭盒，每样菜驯服地装在里面，两口三口，今天午后时光也算打发了。

每逢这时，那些从家里带饭的朋友就会拿出自己的看家饭盒，办公室的微波炉边上排出一个饭盒派的队伍，方的、圆的、瓷的、铁的，便当女人有时会感到一点寂寞，仿佛人家问道：今天吃什么？人家可以说我昨个自家烹制若干类的话来推搪，而她永远是那些廉价的便当。

便当女人早前也出去吃饭，跟着办公室的人搭伙，无奈的是干物女人天天出去叫的是鱼香肉丝，吃到要吐了还在吃，而自从花痴女人一结婚，每天都要花痴一遍的人就再也不见踪影，早早蹿过去和夫君共进午餐了，三人小团队就此拆散。

边上的小刘是个出了名的“带饭男”，他每天遇到问：出去一起拼饭吗？总是摇摇头。然后迅速冲到微波炉跟前，打开几个饭盒，这个里面装着精致的寿司，那个装着可乐鸡翅。接着，带饭的姐妹闻到香气就赶过来，殷勤地问这问那。诸如寿司是你做的吗？你还会做可乐鸡翅啊？味道很不错哪！

便当女人最害怕的是这时候，带饭的女人似乎凑上去交流心得，而唯独她是形单影只的，那两个便当饭盒特别扎眼。

便当女人恨死小刘了！你说，一个单身男人，每天哪有心情在家做饭，你说单身的男人，每天躺在床上，睡不着的时候，都想什么呢？做饭吗？小刘把饭盒打开，小的格子装着胡萝卜丁，刀工好，一粒粒的正方体。看得出来，夜里睡不着觉就练习切胡萝卜，你不做厨子可惜了！

大格子的地方盛着紫菜包饭，上面有些绿色和红色的鱼子，看上去味道不错。小刘看着她习惯性问了句，你中午吃什么？便当女人瞪了一眼，我是个懒婆娘，还能吃什么，吃便当，吃成便当皇后。小刘呵呵一笑，用筷子一敲饭盒的边，问，要来点吗？便当女人忙说不用了，我那便当还没有吃。她回头瞥了眼那个紫菜包饭，问了句，这个是你自己做的吗？

小刘点点头，我家里有个寿司帘，把米的比例调好，加些糯米，用寿司帘一卷，切开，加些鱼子，他说这些话的时候仿佛很陶醉。

便当女人想，原来晚上睡不着还干这个。她径直问：你晚上睡不着，还干别的吗？小刘忽然抬头，你怎么知道我晚上睡不着的？她知道说漏嘴了，忙说看你有黑眼圈嘛。小刘听了这句话似乎变得很感激起来，赶忙问她来个寿司尝下。便当女人用她的一次性筷子夹起来，丢到嘴里，小刘喝住她，别！她把饭包含在嘴巴里，对他报以轻蔑一笑："怎么，你还舍不得给我吃啊！"嘴巴里立刻像过了阵火，眼泪汪汪的。小刘红脸对她说，我没和你说，我加了芥末，多了些。

便当女人打那再也不吃小刘的东西，可气的是小刘天天都能弄个花样，什么药草鸡块、鱼子沙拉、蓑衣黄瓜……她该怎么办呢？看着自己的便当，着实不是人吃的东西，连送便当的人都长得奇形怪状，黑色棘爪的手，你还放心吃吗？

想到这，便当女人赶上去问，小刘，你今天又没睡好啊。虽然还是老套路，但是小刘依然很感谢，似乎找到居委会的感觉。

"我家的浴盆坏了，我放了一池水，滴到早上也没滴完。"

"你为什么要它滴完呢？"

"它没滴完，我不知道裂缝大不大，我越想越睡不着，我就起来看着它滴完。"

便当女人吐了下舌头，这样的居家男人不易得啊，傻成这样。小刘看着她又吃便当，就客气问她，你吃吗？她摇摇头。那我们拼着吃吧，小刘忽然低头说了句，把眼神晃过去。

什么，你要和我拼便当，她惊诧，那……那可不算我占你便宜哦。“不算!”“好！这可是你说的!”她立刻拿来两个便当盒在桌上一摆，痛快地吃起小刘的东西，一点也不给他面子。

自从两人的办公室恋情曝光后，围在小刘周围的女生顿时少了许多，现在是两人制的午餐时间，小刘抱着四五个餐盒一溜烟地跑过去，两人打开一块家里带来的餐布，把几个盒子往桌上一放，什么菜都有，便当女人早就忘记便当皇后的事情了，她现在是个很幸福的小女人，小刘却一天不如一天地睡不好，眼圈还是那么黑，他有时候甚至抱怨说，明天你能做饭吗？便当女人说好的好的，把嘴巴上的油用纸巾擦掉，说了句：要不，明天开始叫便当吧!

六万贯

肥皂剧女人

【判】再生美容院 老死肥皂剧

【令】肥皂剧粉丝者饮

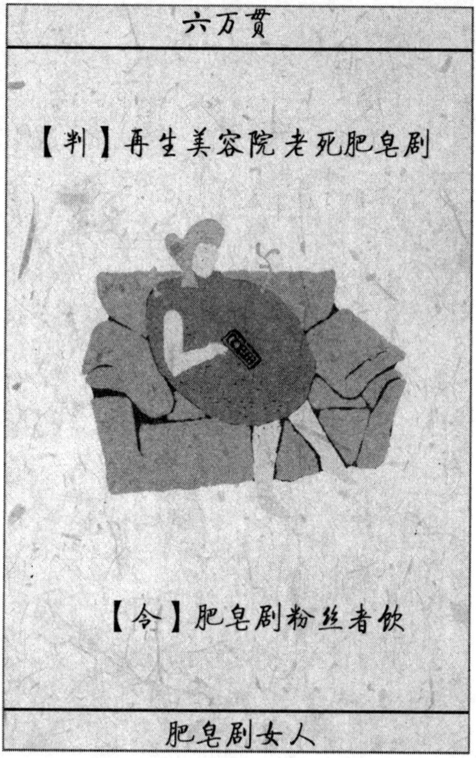
六万贯
【判】再生美容院 老死肥皂剧
【令】肥皂剧粉丝者饮
肥皂剧女人

肥皂剧里的男人对女人求婚，不说“嫁给我好吗”，而是“我要的就是你”。肥皂剧的人生比现实里更流转不定，美国人形容看肥皂剧的人为“沙发马铃薯”（couch potato）。

肥皂剧女人也分“季”的，不是春季、夏季、秋季和冬季，而是跟着肥皂剧的播放季走。肥皂剧里的男人对女人求婚，不说“嫁给我好吗”，而是“我要的就是你”。肥皂剧的人生比现实里更流转不定。美国人形容看肥皂剧的人为“沙发马铃薯”（couch potato），依据剧情不同而生长旺盛，然而中国看肥皂剧的女人决计不同意，她们接受的是新一代的肥皂剧教育。

和那些上世纪围绕在18英寸彩色国产电视看《渴望》的“电视剧女人”不同，那些女人看剧只会问些好人怎么没有好报啊！真希望好人一生平安啊！那些女人看电视剧，只是为了“熬”出一个结果，从第1集耗到第30集，俯视所有好人都得其善终，坏人就地正法，丝毫不撼动自己的道德法则和头顶星空，这才算可以嘘了一口气，死也能闭上眼睛了。

虽说电视机不相信眼泪，然而肥皂剧可以击穿最坚强的女人，让她瞬间号啕。恐怕这世上，只有女人，此刻可以这么和肥皂剧相依为命。新崛起的肥皂剧女人则不同，如果你看到她们开始格外关注独立设计师的亮色包包，那么估计是刚看完《绯闻女孩》；要是最近容易感伤，讨论些女人家庭稳定幸福之类的，则很可能是看了《绝望主妇》。肥皂剧女人就是这样的女人，从《老友记》、《欲望都市》、《绝望主妇》、《广告狂人》、《口红森林》、《越狱》，她都是铁杆粉丝。

肥皂剧女人，一天不看剧，就会四肢无力，没有工作激情。公司的电脑专门下了个电驴，不停地下载着。肥皂剧是女人的BUS，好像你天天去上班那样。

我们的主人公肥皂剧女人从小就不喜欢中国故事，那些所谓才子佳人、将军美女、秀才小姐、渔夫渔婆——几个词语就能概括下，丝毫没有人生的烦恼与动荡。上学的那阵子还喜欢看韩剧，里面的男主角个个长得花一样，一遇到并不出彩的女人，就低到尘埃里去，但是韩剧的节奏太慢，过了8集，才见到男女主角拉上手，在中国，这个篇幅，孩子都3岁了。韩国人喜欢用别人夫妻吵架、生孩子、购置各种尿片若干烦恼的时间用来签署爱情契约、认哥哥妹妹和结交野蛮女友，一个个男人漫画里走出来似的，离肥皂剧女人眼里的真实很远，唯有肥皂剧可以麻醉真实的烦恼人生。

看肥皂剧的时候，她喜欢一个人在屋子里，最好是黑到刚好可以看到自己的轮廓，有一点轻微的光，桌上一壶菊花茶，边上一碟子糖块，一盒纸巾，边看边用纸巾擦鼻子，看肥皂剧的女人会觉得人生就是一场战斗，那就是一次人生的现场直播，《欲望都市》

里面 Carrie 手提鳄鱼皮的 Birkin 包在医院探望化疗的 Samantha，脚踩一双又一双新款的 Christian Louboutin 高跟鞋，甚至在巴黎 Plaza 酒店的套房里身穿 Versace 定制的灰色千层雪纺裙睡大觉——你看到的是女人奢华的梦，好像小时候木偶剧院华丽的幕布，一拉开就会有新的惊喜的元素，为什么要看？其实可能可以找到一些生活欲望的替代品，因为在肥皂剧里哭过了，现实里的烦恼，恐怕就不值得担心了。

肥皂剧女人经常会出差，她留了一把艳遇的时间给男友。她有时候会趴在他身上，闻一下身上有没有别的香水的气味，衬衫上有没有口红的印记，说话里有没有无意中说出来的女性的名字，唯独他的手机，是加了密码的，她没去碰，里面的小妖精很多，这是她无能为力的。在美剧里的女主角个个坚强和美丽，然后男人还是会在外面偷腥，你抓不住他的心，即便你管着他的一切也没用。《绝望主妇》里的主妇个个有本难念的经，即便你 Britt 那样风骚妖娆，可以和未成年的少年偷情，结局多少也是令人感伤的，在新的一季结局里，她居然养了一个孩子，女人的归宿真的就是相夫教子吗？

肥皂剧女人看剧其实和许多最普通的女人看剧没什么不同，生活永远比电视要静态。肥皂剧女人最难过的莫过于在两“季”之间出差，她换了一个笔记本，把下载来的剧集当上去看，她会模拟着剧中的对白朗诵：

誓言是很简单的，人们发誓要永远在一起，无论境遇好坏，家境贫寒，生病与否，互以为荣，互相珍惜，放弃其他所有，直至死亡把我们分离。是的，誓言是简单的，要找到那个值得这份誓言的人，才是困难的。但是如果我们真的找到了，我们就会幸福地生活下去。

可能美剧和其他剧种不同的地方就在于它的“幸福感”，这个世界哪有那么多公主和王子的廉价爱情，有的是常人的逻辑：真爱有无存在？如果存在，它会在什么时候出现？如果出现，你确定它是真爱吗？如果确定，你愿意牺牲自己现在的拥有去获取吗？

誓言在这些现实而不绝望、清醒又不乏浪漫追求的女人那里，竟然是如此困难的事情，看来，肥皂剧决不是华丽服装的人偶戏，你拥有比戏剧还要真实的人生。

她把《绝望主妇》这句对白严肃地原封不动地说给男友，他先是愣了下，忽然说我出去抽根烟。回来就忽然跪下来，向她求婚，这真是她始料未及的，她还是犹豫了下，开始拒绝，如果你拒绝他，他还对你一样的好或者比以前更好，这样的男人才可以放心地嫁。她终于还是没能按美国人的方式把这个机会拒绝掉。

结婚前一天，大家都在筹办婚礼，而她呢？躲起来看《绝望主妇》，哭得连睫毛膏都化了，满脸妆容大挪移，预备老公终于找上门了，她用餐巾纸揩了下鼻子，哽咽地说：“我不想结婚了！”

“为什么啊，姑奶奶，我这所有人都通知出去了。”

“我觉得男人本质上是不可靠的！”

“哎哟，你不能因为美国男人不可靠就不和我结婚啊！”

人生中我们都需要某种能量，哪怕只是给我们一些选择。是的，假如连选择都没有，假如连一丝能量都没有，那么在黑暗中，蔓延开来的，就是无边无际的孤独。（《绝望主妇》台词）

“跟我结婚怎么就孤独了啊！你可别跟我玩美剧啊，我真玩不起啊！”

我们都在负重前行。当然，能结伴而行会很幸福，有人帮助分担重负。但通常抛掉负担会更简单，这样我们就能早日归家。（《绝望主妇》台词）

“亲爱的，你快回家吧，你走火入魔了！”

“你嫁给我吧！”

“不嫁！”

“你嫁给我吧！”

“不嫁！”

“我要的就是你！”他忽然想到一个隐约从哪个肥皂剧上听到的霸道的句子，这已经不是在请求，无论你答应与否，我要的就是你！

“……”她忽然愣在那里，眼泪簌簌地下来。

那夜，她什么也没干，抱着他哭了一晚上，终于把那一季的《绝望主妇》看完了，心里有说不出的苍凉。结婚后，又换了新剧集，那些经典的台词很快被忘记了，泪痕早就随着纸巾飘到哪个下水道去了，终究，美国离我们很远！

五万贯

一键通女人

【判】旋钮比按键更安全

【令】无安全感者饮

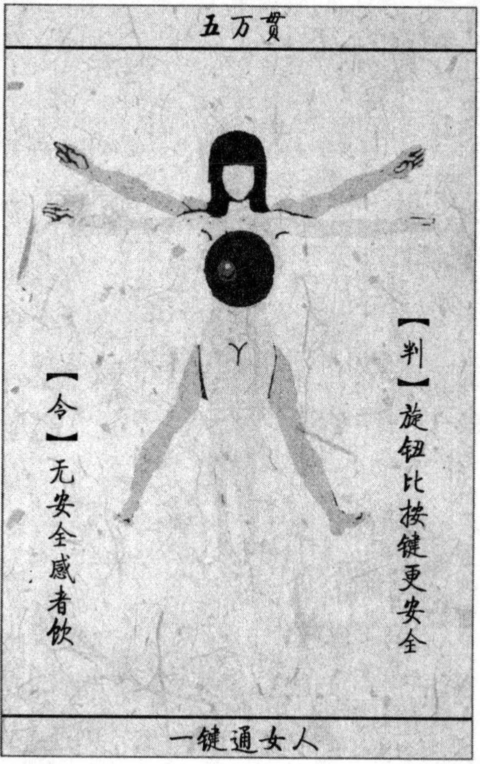
五万贯
【判】旋钮比按键更安全
【令】无安全感者饮
一键通女人

男人和女人的关系，只要看看发髻顶上的那个“旋”，许多女人找到头顶的那个隐秘的按钮，夜里就把自己的男人偷偷关掉，折叠到柜子和衣橱里去，既省电又简单。

一键通女人是个害怕麻烦的女子，她从小到大挂在嘴边的话凑不齐一个自然段，大抵是好、行、够了、饱了、烦、不行、讨厌、这样不好、去你的等等文明世界的用语，那些聒噪的女人在她看来，仿佛世界某个阴湿角落的苔藓，一遇到水就疯狂地生长、膨胀，肚子里装满浓绿的液体。但她的肚子却很干净，只有笔直高速公路一样的直肠子，一通到底。

她的父亲是某个中医学院的副校长，从小她就瞥见父亲躺在沙发一角，被一堆的三转一响包围着，她并不知道这个词语的具体含义，只是隐约感觉到一些转动的轮子、转动的旋钮和一团劈里啪啦声的匣子，那时她家境殷实，比别人家更先拥有那些摩登的电器，14 英寸的黑白电视刚出来那阵，附近那带人围着看《西游记》，一个圆形的旋钮，被无数只黑暗里的手啪啪地转动，在一阵青烟里，妖精被换成公子小姐。

她的父亲是个机器盲，对于机器有着天生的恐惧，自己从不轻易碰那些不熟悉的电器，尤其是在没有专业技术人员在场的情况下，万一漏电、短路抑或不小心拨弄坏，后果很不堪。对于一辈子小心行事的他来说，这和中药打交道一样的，当你不熟药性，多点少点的用量，都可能致命，但胖大海、金银花、陈皮、当归类的除外，这些你已多年谙熟，好比家里的黄脸婆，该研究和该看的都看完了，即便偶尔撒泼，也一切皆在可以控制中。而这些陌生的资本主义高科技的匣子，里面组装着莫名奇妙的齿轮和电焊板，莫名奇妙地发出夹杂着滋滋沙沙的靡靡之音，你感到骨头里有着不可测的恐惧，这些恐惧通过遗传的血统，传到一键通女人身上，则变得有过之而无不及。

她对任何电器上的最简单的按钮，有着某种天生的感觉。那些旋转的圆形的就让她有些不放心，比如收音机的选台钮，即使你稍微拨过了些，一阵劈里啪啦扑哧扑哧的声音完全覆盖一切，你还是无法操纵与控制那个匣子，成为它的主人。但按键则不同，要听话许多，你一按开关，灯光就充满房间，再按下，瞬间成了黑暗的洞穴。一开洗衣机，桶里水立刻旋出一个旋涡，一按遥控器，所有里面的东西，都厚着脸皮往那个不大的窗口上凑，似乎害怕遗漏了它们。你看得烦，将上面的红色按钮按掉，匣子里的特务日本兵，动物园里的狮子老虎，猥琐的男人、聒噪的女人，顿时天光无色，眼前一黑，那些无聊的事物根本近不得身。

开关是这些盒子、匣子、箱子的主宰，控制着这些黑箱子的脖子与咽喉，你处理起来也根本无须用脑子。灯不是开着，就是关着，世界不是黑夜，就是白天。候鸟不是往北飞，就是往南飞。你不是啰嗦的女人，就是个干脆利索、踏雪无痕的女人。她就是这样子的一键通女人，世界上的事情在她看来，没有不可以抽象成“按钮”来解决的。所有的口水唾沫都是徒劳，你一个按钮就OK。犯不着把男人如曹冲称象一样地捣来捣去，一个按钮，泰坦尼克号就沉没了。至于内部怎样运作与实现，那是科学家的事情了。有一批头脑复杂的可怜人，为了让人类能简单地生活而奋斗终生。

一键通女人的父亲喜欢养点金鱼什么的，陆续请进几只绿色的小龟，一键通女人学着用自己很贫乏的知识给它们起名，名字稀松平常了，以她一进一出的性子，搞不好几天就忘了赵钱孙李，干脆用父亲书架上的书，依次称呼，即便忘记，也好方便比照，于是一键通女人将它们依次称为：托尔斯泰、柏拉图、黑格尔和鲁迅，这几个名字中学都学过，不至于健忘得记不起，可惜鲁迅前几个月因冬天水冷，加之饮食不慎，先于托尔斯泰、柏拉图、黑格尔诸君而去，一时诸位顿失知己，茶饭不思，黑格尔竟也积郁而亡，父亲干脆将托尔斯泰和柏拉图送了人。一键通女人亦觉人类寂寞，生死依伏。是不是也该……

其实，思春之心倒与上述事件无关，只是伊的父母总是觉得她只是个小孩，再过几年，等心智成熟，直接恋爱完婚，免除那些情感反复移情别恋的烦恼，女孩子家，一生安稳平静才是无上正等正觉的境界，他们是过来人，哪会不明此理。

可是，一键通女人确实是个极怕麻烦的女子，她喜欢的世间男子，即便加上电视里的主角明星，不过寥寥几个，任你遥控器按着了火，盒子里的世界并不会跳出多情的男子。里面空无一物。本来无一物，何处惹尘埃。

至于她精神的初恋，是中学读书时候的体育老师，有着怎么刮都看上去不干净的胡茬子的脸，结实的臂膀与胸膛，说话犹如命令，容不得你半点商量，可惜遥控器不在她手里，也不知道那家伙从哪里掏出一块亮闪闪的秒表，拇指按在银色的表头按钮上。她不知道她为什么那么傻，他一按表，她就只得拼了命地跑，向前向前，她知道她跑错了方向，那个结实的男子被她抛到轨道的后面，但她没有办法停下来，背后的脸庞被秒表走得粉碎，鼻子和嘴巴散到脸的外面，整个脸却像极了掉了指针的表盘，她从夜里醒来，感觉这一生都在各种按键和指针的监视与控制下生活，跑得自己20多年的情感一片白茫茫的。

据说心理学家将世界的女人分为两种：WHAT和HOW，前面的女人在男人的面前装得天真无邪，见到什么都在惊呼“WHAT”，她们其实只是看热闹；但HOW女人则喜欢问感觉如何？觉得怎样？其实她们只是在试探对方的关系，甚至有点挑逗，就等你倾诉得漏了嘴，好拿住你的小辫子。但她是永远不会明白这个道理的，缺了这两个词的女人，竟然找不到表达自己的方式了。一切都干净简洁。

天下雨了吗？下了。

面包还不错吧？不错。

狗是叫的吗？是的。

你结婚了吗？没。

她其实也很想谈谈天气，做菜的手艺，韩国电影，台湾综艺，但大家都习惯问她，是吗？好不好？行不行？会不会？一旦你选择了不会、不行、不好，你就会被冷落在一边，插不上嘴，灯光的区域会迅速从你身上撤掉，她终究不可能成为众人注目的那类“人物”。她只是在大家不再相信生活或者觉得彩票中奖只是个幻觉，这时她的回答倒显出绝对的必要。和自己捏自己一把的原理一样。

她有时候也会想男人和女人的那些事情，认识、恋爱、失恋，再复合，再恋爱，最后才能进入婚姻的殿堂……一个女人要流多少眼泪，打多少次架，在他的身上抓出多少道的抓痕，两人才能一起生活，然后再把架吵下去，但是这些东西她都错过了，那个银色的秒表一按，她的人生直接跳过广告直奔主题，用爸爸的话：恋没恋过爱有什么关系，该结婚了。恋爱只是学前班的实习，结婚才是主题。

一键通女人有位同学是位制图师，和她一样没有嫁出去。但是从来没见她着急，她依然很开心地生活，吃她最喜欢的鱼香肉丝，她家里的墙上挂着一幅三角板+量角器的三维图，天哪！有人用自己的作图工具当客厅的画！她知道她们是不同的，别人是害怕在爱的丛林里迷路，而开始退出丛林，而她呢？她希望把所有的过程都省略，而直接享用结果。那些韩剧里面男主角花了八集的工夫才好不容易摸着女主人公的手，她第一次就做到了。在茶座里，母亲带着她，对方也是母亲带着孩子，男生也和她一样老实，斜着眼睛直直看着咖啡杯，用勺子搅啊搅的，即便有一吨糖，也早该化了，更何况他喝的是苦咖啡。

介绍的时候，她和他握了下手，她觉得和她当年想象握秒表的手有点差别，更细皮嫩肉，也没有那么有力，只是轻轻地在她的虎口处握下去，似乎没有抓紧她的欲望，可以挣脱也不反对靠近，但，他的手指，很细，像极了钢琴师的手，有一种风度，连搅咖啡都有内在的节奏。但她脑袋里却是花鼓花轿的声音。

结婚照照得很标准，红口白牙地一笑，一挂，一钉。她的人生也就固定了，那双细长的男人的手没有用作敲击琴键，而是泡在肥皂的白色泡沫里，变成通红通红的鸡爪子。喝咖啡的时候搅得更快了，和洗衣机的波浪可以媲美。

她的脾气变得相当的坏，对那个可怜的男人只有几个字：来、去、做吧、滚。而他比洗衣机还听话，她也有心情好的时候，就说句：乖、听话。那些哭得一塌糊涂的肥皂剧越发不真实，那些女人被几个不同的男人追着不放，整部电视剧崩溃的时候仍然没想好自己的决定，她看到这些只是鄙夷地冷笑下，男人和女人的关系，只要看看发髻顶上的那个“旋”，许多女人找到头顶的那个隐秘的按钮，夜里就把自己的男人偷偷关掉，折叠到柜子和衣橱里去，既省电又简单，再把遥控器一按，整个城市一下寂静下来，连打鼾的声音都听不到。

四万贯

干物女人

【判】无爱无求 干物易保存

【令】干物者饮

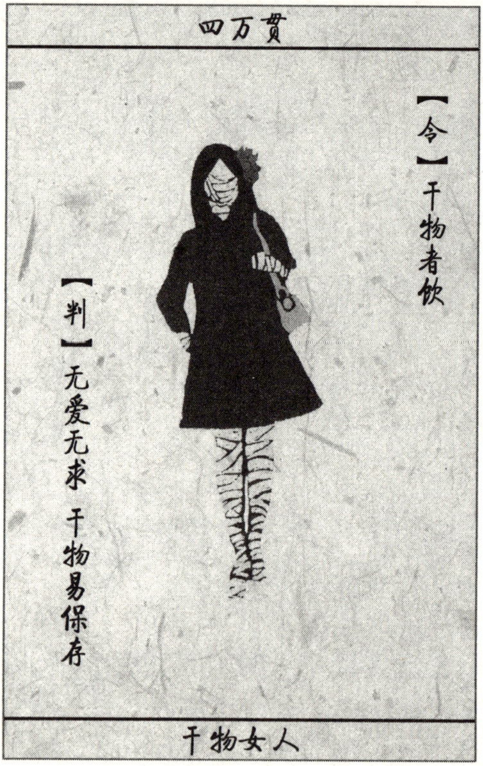

你去她家，看到的是三角板和量角器的“印象派”插画，有点杜尚的《下楼梯的裸体女人》的味道……量角器像日落时候的海面，而三角板，就是她最熟悉的三个支点：家、公司和洗手间。

干物女人是个女人。你去她家，看到的是三角板和量角器的“印象派”插画，有点杜尚的《下楼梯的裸体女人》的味道，只不过是三角板和量角器走下楼梯。量角器像日落时候的海面，而三角板，就是她最熟悉的三个支点：家、公司和洗手间。

补充下：干物女人爱吃鱼香肉丝，第一是鱼香肉丝，第二是红烧肉。不可一日无此君啊。干物女人经常吃饭的时候，用筷子伸到遥远的鱼香肉丝的碟子里，把底下的肉丝挑、夹、抹、刺，一点一点，将战利品，送到嘴里。等对面的男生脸上的表情开始有变化了，她才意识到自己是个女人啊。她微微低下头，听着大家在说话，也不轻易地发表自己的看法。等有人说，你怎么不吃菜啊，吃！吃！鱼香肉丝！然后大家都哈哈地笑起来。

干物女人的脸上火辣辣的。干物女人是个文静的女生，干物女人还是个美术制图工作者，就这两样，就不该吃太多鱼香肉丝，既生干物女人，何生鱼香肉丝！

干物女人是个美术工作者。就是整天用游标卡尺、螺旋测微器和三角板、量角器，根据提供的蓝图，照着发动机示意图样子画，这么说，干物女人、游标卡尺、螺旋测微器和三角板、量角器都是美术工作者，大家一起干！

美术工作者也有想男人的时候。然而，干物女人现在不太想了。暂时在家里做做“干物女”。干物女人相了10次亲，都没成功。朋友介绍、同学介绍、同事介绍，单身聚会，网络交友，海陆空，雾雨电，捣鼓了半天，一次也没成。

每次男方总会要个照片什么的，也时常会送个照片什么的给她，她准备了一本相册，小心地收藏起来，在照片下面标上名字，以免搞乱。干物女人从小就是个很有条理的女人，抽屉是抽屉，衣柜是衣柜，各归其位，一丝不乱。然而，这本相册，成了她不安的征兆。有时候半夜起来，从头到尾，翻过一次。干物女人躲在角落偷偷地掉眼泪，知道她的，只当是自怜。不知道的，还以为她家的死鬼，够多的。

在这个很喧嚣的城市里，男人是不能测量的。干物女人败就败在“测量”和“比较”上：L家是农村的，兄弟很多，一帮穷亲戚，不行！S是老大，老大压力大，通常家里的老大都是呆若木鸡，思维迟钝；N是老幺，最小的都娇气，不会体贴人；M比较好，M是孤儿，但从小没有父母疼爱，很容易有心理阴影；X倒还可以，银行工作，收入稳定，长得也帅，可是人家没正眼看她；Y呢？八字脚，你要会做官，长个八字脚还勉强，做个小司机也八字脚，会不会踩歪了油门，把人家车给撞了……

凡是有以上心理活动的女人最容易成为都市“剩女”，“剩女”就是狗嘴里溜掉的骨头，问题是现在成了“狗不理”了。可是干物女人觉得自己各方面都不算差，女同事一个个都婚了，孩子也一个个冒出来，用圆溜溜的眼珠子看着她这个可怜的单身女人，当望夫崖的日子不知道还有多久，她怎么会不伤心呢？她唯一可以操纵的就是游标卡尺、螺旋测微器和三角板、量角器，可是男人的心，这些兵器管用吗？

干物女人最好的朋友就是她的同学，她的话很少，有时一起去逛街，这时候干物女人最不像干物女人，她指下那里，说看那家时装店不错呢，看，那家也不错！同学顿了下说：走吧，不去了。其实她很想去看看衣服，可惜没人陪她去看，久之，她就觉得自己已经缺乏看衣服的能力了。

有时候干物女人会到美容院去做面膜，美容院有个小姑娘，介绍这个介绍那个的，很热心，耐心地为她讲解，什么是保湿，什么是拉皮去皱。但是除了面膜是湿的，她是地地道道的干物女哪！她真不敢往下想……

男人是什么呢？干物女人的脑海里出现很多很多的抽屉，一层套着一层，里面的所有东西都摆放有序，这时男人出现了，内裤，T恤，球鞋，汗臭，烟味，一地碎胡子，轰隆轰隆的洗衣机和蒸汽机一样开着，男人和女人最后也跳进洗衣机里去。然后就是天旋地转，也不知道什么时候头顶上才静止起来，高楼把天空剪成一块一块的，很像鱼尾的鳞片，那些云片让她感到城市里的一点诗意，这也是游标卡尺测不出来的。

三万贯

欢喜佛女人

【判】性事乃人生大欢喜

【令】好色者饮

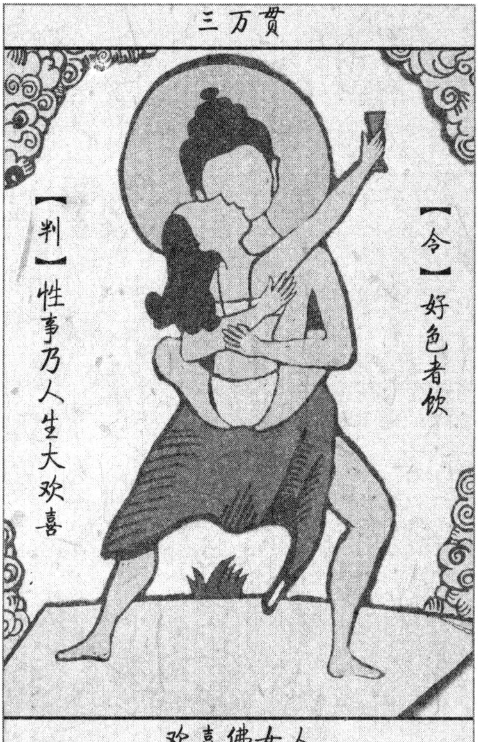
三万贯
【判】性事乃人生大欢喜
【令】好色者饮
欢喜佛女人

和他做爱，怎么形容呢？好像他的鞋子破了个洞，掉进一粒沙子，他脸上有种不适感，但又似乎是在享受……脸上一点浪花，再一点，大渡桥横铁锁寒。

欢喜佛女人是个好色的女人。她每次盯着男人的时候，目光里好像有种莫名其妙的磁力，慢慢顺着躯体下移，划开鼓起的胸膛，最后一定停留在那个三角地带，那是欲望的中心所在。然后，脑海里忽然刮起一阵赤色风暴，男人的外皮全然褪去，裸露出一片肉色的沙漠。干渴，但可以忍耐。

你知道吗？男人和女人的距离，首先来自于做爱的距离。你TOP，高高俯瞰一切。你就是女王。你要是趴着，如同一只发情的母狗。关键不在于谁主动，而是谁拥有“快感”，谁能“控制”快感。男人和女人就这样地搏斗着，他永远伺候着你的身体，你可以任意把他掰成任意的形状，就和捏橡皮泥一样，你控制快感的产生，控制快感的强化，你就和自慰器一样使用着男人。

她觉得男人是按姿势来决定欲望等级，譬如，你坐在椅子上，左腿搭着右腿，把裆部盖住，这样的男人在家一定是不行的。她喜欢那类把腿叉开地坐开，一个簸箕的样子，中间仿佛立刻就可以弹出来，男人的欲望在每一个姿势里面，弓腰站立的、单膝下跪的、平躺着的、侧躺跟进的——这是一种很奇怪的欲望体操，她觉得男人可以任意“折”成 SEXY 的姿势，然后，自己一屁股做上去，如同在雪山顶上一下滑下去。

然后，她最向往的一个姿势却是，对面的男子加趺而坐，升到高处，自己张开双腿，拦腰夹住对方，拥抱交媾，立成“欢喜佛”的姿势，这是她脑海里最喜欢的交媾方式。

她住的楼，隔音效果很糟糕，经常能听到叫床的声音，对方也不关窗户，于是声音通过下水道传到下面，听上去女人叫得忘乎所以。在她看来，任何大胆的新奇的交媾姿势都是吸引她的，她要是男人，没准每天尝试一个姿势，一年 365 天，不带重复的。可惜她的老公却不是那类的，他做起那件事情和驴拉磨一样，拉上一圈，哼哼几声，然后继续活动，窝囊极了。他在暗室里也会很注意自己的表情，他时不时下去，捣弄下地中海的头发，保持它们围绕在光亮的脑门中间。

和他做爱，怎么形容呢？好像他的鞋子破了个洞，掉进一粒沙子，他脸上有种不适感，但又似乎是在享受，他将就地完成了这件事情，该高潮的时候，脸上一点浪花，再一点，大渡桥横铁锁寒。

她的激情就这样胎死腹中。

虽然现实不尽如人意，但是幻想可以无边无涯，她有幻想过在水中做爱，女人蛇一样倏忽地游过去，缠绕在男人的躯干上，绕着绕着，男人开始还挣扎，渐渐被完全绞杀，身体不能动弹，于是乖乖听话，她用手撩拨起那小蛇一样的男根——记忆立刻被水灌满，男人的尸体开始漂到水面之上。

“谷神不死，是谓玄牝。玄牝之门，是谓天地根。绵绵若存，用之不勤。”

小时候，会被父亲抓住背《道德经》，背到这几句的时候，直觉里打开一个山洞的门，一片光亮。家里信佛教，有一尊欢喜佛，经常供奉。佛龛前面，用一块红布帘子遮住，里面永远透出红莹莹的光。平时是不准人看的。有天，趁着父母不在的时候，她偷偷揭开看了一眼，两尊佛陀抱在一起，似乎在做什么。她脑海里一直残留着那个姿势，那张佛陀的脸被置换成不同的样子，但那个快感的姿势一直在脑海里，未曾磨灭。

两人都是国企的办公室小职员，等屁股把凳子磨掉一层油漆的时候，顶多是个小头目，她的丈夫就是这样的副科长，他喜欢冷冷的，用一种官腔审视你，好像你永远捉摸不透那个说话的声音，是从他身体的哪个部位发出来的。他在黑暗里要和你干那类事情的时候，也会用干部的指令说话，比如：今天怎么这么短？今天你不在状态啊！今天你怎么叫得不投入啊！

她真想抽他一耳光，这个在科长面前堆着巴结笑脸的男人，把所有难看的脸色都放到做爱里面去了，韭菜馅的饺子，全是绿的。

她很喜欢男人的腰，腰身就是男人的枢纽，可以通过臀部的摆动，把快乐传递到女人的身体里。但她丈夫却是肥得冒油的啤酒肚，人造革的皮带在肉里死死勒出一条丝绸之路来。他已经不会活动腰部了，他经常一边做事情的时候，忽然插出些话来：冰箱里的韭菜没了，你一会儿去菜市场买几斤。她说好。这就是最快乐的仪式的花絮，这他妈的哪里是做爱！

楼道里的女人都很快乐，晚上睡着的时候，总有神秘的叫床声音在黑暗里传播。那些关在黑屋子的女人，兀自地快乐着。她尝试着挑逗那个副科长，用手在他身上轻轻地撩拨着，他说了声别闹，扭过去就睡下了。

她转向床外，昏昏沉沉地想到小时候在门口偷偷地看邻居行房的情景，男人和女人打架一样地贴在一起，女人被打得大声地叫，叫，叫，叫。逐渐安静下来。女人双腿夹缠在男人的腰间，双手搂在脖子上。男人满面通红，直喘着粗气，那个姿势给她留的印象深刻极了。

楼道里忽然一阵浓郁的香水气味扑面而来，很像是有人用火在盛满香料的锅里煮着东西，香气慢慢地从海底升起来，开始像潮汐淹没一切众生，所有一切都开始春情萌动起来……

她用手捅了捅身边的老公。他转过来看着她，她忽然像猎鹰一样扑过去，双腿抬起来，夹住他的腰，后面的姿势就变成欢喜佛的交媾。没来得及拉上窗帘。那一夜，是他最配合她的时候。

那一夜，她终于做了一回欢喜佛。欢喜佛女人知道，那个时刻，对于女人来说，在一生里，或许是唯一的。

二万贯

淑女屋女人

【判】躲进小楼当淑女

【令】乖乖女饮

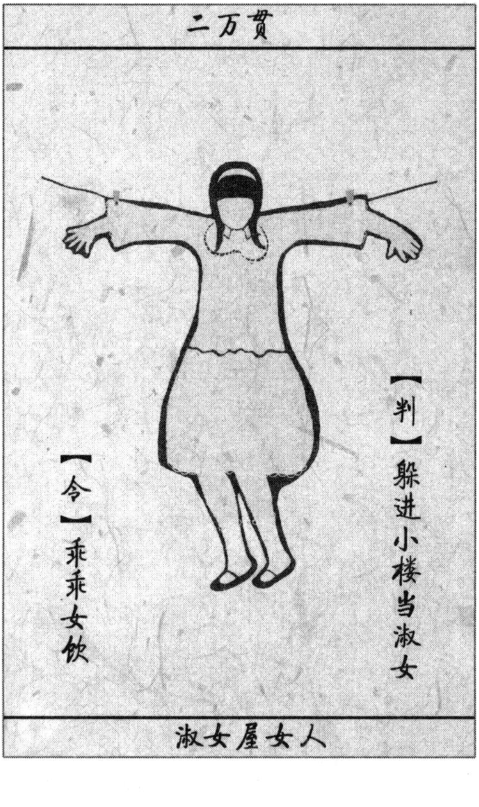
二万贯
【判】躲进小楼当淑女
【令】乖乖女饮
淑女屋女人

她是个不会看月亮的女人，月亮本来很亮，躲在她乌黑的眸子里，反倒成了月饼那样的世俗黄，满满地溶解在她眼眶里面，第二天，她带着隔了夜的月光去上班。

不知道这个世界，何时有淑女屋这个牌子，本来的名字和淑女似乎关系不大，但不巧被淑女屋女人找到了，从圆口花边样的稚气领口探出头来，脑后用简单的皮筋扎出一根辫子，从有些小女生纹饰的裤子里伸出脚丫，搭上一双极其不称身材的硕大鞋子，行走在城市路上，像两艘橡皮艇，载着心爱的姑娘。

淑女屋是淑女屋女人的紫漆木的箱子，带着云角式样的古气，金色的铜锁，那幽暗的世界被锁在里面，自己盘古开天地。

淑女屋女人租的地方离单位有1500米，穿着高跟鞋是10分钟，平均每分钟150米的速度，确保在鞋跟不脱落的前提下。穿着运动鞋是5分钟，几乎是游过去的。打的呢？没有计算过，不太划算。

淑女屋女人所在的网站在6楼，按层高2米7算，每天把自己弱小的身躯搬到海拔18米2的高度，下班再搬回地面。办公室里有个可怜的胖子，180斤重，天天把自己搬到近20米的高度，下班又搬回去，常年如一日，做功等于0，可怜之人，必有可怜之活法。

淑女屋女人是个网站编辑，每天网站工作就和蝙蝠一样，挂到城市的半空中，主编先挂上去，副主编再挂，大家拥上去，挨挨挤挤地浮在城市空中。为了微薄的理想而折腾，这个网站是个城市的鸟巢。而淑女屋呢？与其说她喜欢这款衣服，不如说这个词的发音里，躲着一个理想，为了做一个淑女而奋斗！

淑女屋女人的男友还在读书，有时候，她喜欢说“我们单位”的时候，那边总是一个劲的“我们学校”，烦都烦死了，这真是个穿“淑女屋”的男人，太乖了！

有时候觉得他们俩隔着一道围墙在说话，他的话总是在回声壁上响几声。

淑女屋女人本来在另一个城市生活，男友考到这个城市，她也就过来了。过来的路，隔着，一张汽车票、一张火车票、还有一个陌生的月亮。两个人看月亮的时候，都觉得天更高，更大了。但她是个不会看月亮的女人，月亮本来很亮，躲在她乌黑的眸子里，反倒成了月饼那样的世俗黄，满满地溶解在她的眼眶里面，第二天，她带着隔了夜的月光去上班。

她的想法很简单，先把日子理顺吧。那些一团麻一样的线头，先理开来。

她来这个城市只带了三套衣服，三套衣服排着队抢她。身上一套，洗衣机一套，柜子一套，别的衣服几乎是候补的。但总是淑女屋先约到她。她喜欢这样一种甜心少女族的装扮，可以不让自己一下长大，可以给自己开一个玩笑。她的微笑是属于这样的衣服的。

在家的时候，很喜欢很大很宽的中性睡衣，有时候感觉自己微小的身子就装在《西游记》妖精的“后天袋”里，老实地呆在里面。平时上班，则偏好圆口上衣，领口好比是女人的“窗户”，桃心的领子最好有个丰腴的胸部，V字形，自己的肩不够宽，感觉格局太小，只有圆口带有花边或者系带的“窗口”才适合她的那张圆圆的脸和一种静态的微笑，她笑的时候，会把头微微一颔，然后，绽放出微笑。虽然姿势僵硬，但样子亦算好看。只是须得看上第二眼才能从人群里分辨出来，用惊艳两个字是极其不相宜的，怎么说呢？仿佛有一朵花开在眼余光的尽头，等你转到极限的时候，眼球才忽然觉得不能“漏过”，回转，于是美丽的感觉在平庸的衣服里压榨出来，这种女人适合在转角的岔道上遇见，有点意外邂逅的感觉。但一旦你远离她三米、四米，她又远远地幻化为庸常的一个点，躲在淑女屋的工业线“套子”里。

网站总有些灰色的收入，经常跑跑发布会什么的，她却是个不灵活的女生，她天生是个仰之弥高、钻之弥深的人，俗话说的一根筋走到底。她的第一份灰色收入是一盒咸鸭蛋，跑到会场，人去楼空，每人发了盒咸鸭蛋，要还是不要？她一咬牙，一个微笑。

她的微笑很迷人，但总不能老挂着，一旦交际起来，她的知识就会让她窘迫，她害怕对方提问一些她常识边界外面的东西，她只得歪着脑袋说，是吗？是吗？很傻很傻的感觉，但除了问这些和微笑，她还能干什么呢？双手交叠地搓着手，哈气。无名指上光秃秃的。大家忽然觉得，原来她骨子里是一个挺懵懂无知的人，但无害于她执拗地躲在一角。

她还是个偏执的人，一位相识的客户请客吃自助，98、78的两种，本来是单位报销，她坚持要78的，淡淡说了句：78的菜单里有我要的所有的菜，就别点98的吧，对方着实感动了一把。

她有时候也会和那个人谈自己的理想，但他们谈得很小心，“房子”该买了吧，可是伊的他正在读书，谈这些的时候，不得不考虑，这个城市，也可能是个暂时的旅馆，谁知道三年后的世界呢？有些人看月亮，谓之赏月，他们的月亮，套一句歌词，月亮湾一样地漂移，谁知道明天会在哪个城市看着一个陌生的月亮呢！哪儿的月亮都很美，哪儿的月亮都在辨认这一对似曾相识的人。

人生是由许多不定的“点”构成的，她只是其中一个很小的点，她并不知道哪个点会经过它，哪个点会从她身边擦肩而过，她只是个穿淑女屋的小女人，她不知道这个世界有许多女人为了奢侈的品牌搏杀，那和她一点关系都没有，她只要穿着中意，就好。

要稳住工作也是个煞费苦心的事情，先要搞清楚领导的派别，势力的划分，谁是当权，谁是在野，谁有可能马上当权，像她一个新来的自由主义者，无门无派惯了，现在要学会一些溢美的句子，如你多么出色之类的，她的嘴巴很笨，她不知道她说的那些“着意”讨好的话会不会被人清醒地觉察出来，在疯狂的工作密度里几乎感觉不到自己的身体。但舌头却不能麻木，这确实麻烦极了。怎么办？微笑吧，对着镜子学，遇到每一个人都微笑，只是程度略有不同。

她没有乐趣，没有爱好，除了工作，几乎不太出门。有时候，觉得打扮自己都是多余的，才 24 岁哪，女人到 25 岁才到保养年龄，所以上帝给她放了青春无敌的一年年假，任其糟蹋自己，她有时会觉得自己和一堆衣物一样被挂在晾衣服的杆子上面，天气很好，衣服里有阳光的味道，这时候，她的心情是明亮的。你知道，在这个城市里，做个有好心情的淑女，是多么难的操蛋的事啊！

一万贯

AA女人

【判】各自承当 众生平等

【令】众人各自饮

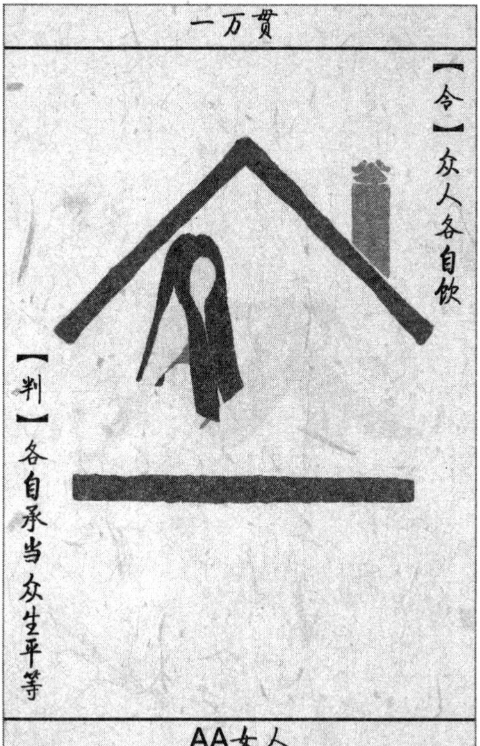
一万贯
【令】众人各自饮
【判】各自承当众生平等
AA女人

这些人只是被“拼”在一张桌子上吃饭而已，

两张账单的数字是寂寞的两个原子，你进入

不了我，我也进入不了你。

不知道什么时候开始有AA的，几个朋友凑在一起，有人提议AA吧，于是各自点餐，互不干扰，你叫你的西式糕点，我点我的中餐，不同风格的菜肴与碟子，不伦不类地摆在桌子上，筷子之间没有任何触碰，在空间里各自运动，仍然有说有笑，饭后各自买单。

餐馆的老板单从账单上看，这些人只是被“拼”在一张桌子上吃饭而已，两张账单的数字是寂寞的两个原子，你进入不了我，我也进入不了你。对于习惯请客的中国主顾来说，AA开始还是不习惯的，他们干脆把AA理解成“合”起来吃，只是把总的账单除以人数，平均下，每人负责一部分。大家仍然可以共同享用一桌子的菜，筷子与筷子可以自由地交错触碰，大有觥筹交错之感。

AA女人出去公干，点餐从来是AA。有时在餐桌上放台笔记本，搞得你连吃饭的雅兴也没有了，她并非工作狂，但总是远远地隔在桌子的彼岸，她说话犹如从遥远的留声机里发出来似的，她也从不染头发，一身灰色的职业装，裙子也顺溜地下垂，丝毫无飘起来的可能性。她，刚离婚不久。

每天她下班的第一时间就是回家，关上门，开始检查自己的屋子，东西是否平整，柜门是否有撬过的痕迹，门是否有人开过，她有个隐秘的办法，亲自用剪刀剪下一小片碎纸片，编号1，2，3，4，5，6，7……要是有谁偷偷地开过门，纸片就会掉在地上，说明有人进来过，要是哪个柜门的纸片脱落，就说明那个柜门被人检查过。她很警惕楼上的脚步声，大概有几个人在上面走。要知道，她的前夫，也就是以前亲爱的老公，就住在楼上。

他俩结婚后一起买的这套复式的房子，夫君正好把婆婆也接来住，家有一老，好有一宝，在房子里过三世同堂的日子指日可待。婆婆就住在他们头上。两个脚板，在天花板上走来走去。这颗定时炸弹就埋在屋子里了，她知道，房子再大，终究不是她的。

婆婆总是热心周到，三天两头端茶倒水，时不时熬个大补汤，山药枸杞汤、鹿茸柴鸡汤、黄豆猪手汤——不过，都是给她的儿子的。只是客套地把一些剩下的底子给她，还要假惺惺地说下面的浓些，下面的，大补。

结婚证上，两个人头靠头，她的脸上洋溢着美好的憧憬，而他，只是有气无力地瞪着前方，他的母亲那时正站对面，她从小到大就不放心这个独生儿子，如今一个女人即将把他夺走，政府非但不加干涉，还发给证明，这让她揪心极了。

这个是从她身上滚落的肉，医生将脐带剪去，世界上就此由一个人，变为两个人，但他还是她心上的肉，更何况这孩子从小没吃过大的苦，她希望在自己还能活动的那几年，哪怕她全身不能动弹，只要眼睛还是好的，她只睁着眼，只看着他，看他这一辈子，平平安安的。

本来婆婆住在楼上，独身一人，拉扯孩子长大，也挺不容易。除了对孩子唠叨，两家倒也相安，但世间万事错亦错在血缘两字，须知道，楼上的是楼下的娘，楼上是天，楼下是地。楼下的遇到楼上的，就低低地低到泥淖里去了。

做子女的孝顺母亲，母亲身子骨湿气重，楼上夏天燥热，孝顺的儿子就把娘亲，他的亲娘，从楼上接到楼下，那个老女人从此登堂入室，慢慢地侵入她的空间。她一睁开眼皮，老女人就直直躺在沙发上，叉开两腿，穿着绛紫的秋裤，在雪白的沙发上面，像拨开的洋葱片。她毫无顾忌，也不管你招呼的是哪位朋友，永远是绛紫的秋裤，忽然从某个角落冒出来，抛下一句：你们好好玩！好像这个家只是她的，自己永远是个外人。这点让她暗暗地怨诽。这个绛紫的油漆，被泼到雪白的墙面，雪白的沙发，雪白的冰箱，雪白的窗户上停泊的云，顿觉天光昏暗。

她像监视器的点，慢慢挪动。半夜里，她有时起来上厕所，门忽然被推开，老女人站在门口，头发蓬乱，把她活活吓了一跳，她端坐在抽水马桶上，缩成一团。老女人打了个哈欠，说，怎么去那么久，便秘吗？她忍住内心的怒火，说，没事。闹肚子。老女人忽然颜色一变，她说，也许晚饭吃坏了，我也闹肚子，你快些啊！最后一句像是命令她。她转念一想，晚饭是她做的，她的婆婆在暗示她什么呢？她就坐在厕所里，呆呆地想着。

她很想回到小时候，男生和女生坐在课桌上，她用粉笔画条“三八线”。命令那个男孩子，不准越线，一半的桌子是她的领土，那条线，画过去，画过去，画到同居时候的两张单人床上，她的男友，将两张单人床“拼”成一张双人床，中间的那道缝怎么也愈合不了，只好用褥子铺在上面，还是有道细的缝，夜半总在做掉下裂缝的梦，地面忽然裂开，她一下掉进深渊里。她立刻对他讲了那个梦，男人轻轻在耳边亲她一口，你就是我的深渊，她带着那句话满意地睡了。

她发现自己有些神经质了，婆婆的眼睛无处不在，从天花板上看下来，从地面上看上去，在墙壁里试探下，哪怕她和他在一起做爱的时候，没准一个声音会叫道，小心身体啊儿子，房事不宜过度，她真要疯了。在婆婆那里，“家”是所有人的，在她那里，“家”只是自己的。这两个“家”盖在一起，少不得血雨腥风。

她开始反击，她对丈夫要求，婆婆没事情，最好别下来。她需要有独立的隐私空间，丈夫一语不发，看他可怜和为难的样子，何况那段，婆婆似乎注意很多，老太太眼也花了，头发也白了，走路也慢了。有时穿根针也走下来，找儿子帮忙，她只是想帮宝贝儿子缝缝衣裳，她的心又软了。她有时候觉得，她是多余的，只有他们俩，在这个偌大的城市里，相依为命。她才是孤家寡人，儿子只是老太太在存包处存的包，她随时可以要走，她还得满脸微笑。

现在好了，她终于狠下心来，离婚是她摆脱这种生活唯一的办法。别无出路，她岂是挑唆离间母子关系的人，她只想有个家，家可以由自己支配，老公也是。但现在的“家”，不是。本来以为分居可以冷静下，但是她完全想错了，好比一艘船，原本都是上岸的，忽然有人说不想上去，于是那个不上岸的成了众人眼中的异类。他开始搬到他母亲那去住，楼上开始监视楼下的，原本劝和的老太太发现此路不通，她能做的事情就是保住这所房子，这是自己半辈子省吃下来的钱买的，法律的规定暂且放下，凭什么让这个离家的女人掳走一半。她不甘心！

而她呢？一介弱质女流，在偌大的都市里，只想拿到属于自己的那部分，她觉得房子的一半本来就是她的，她可以买下另一半，但绝不搬走。于是两方僵持，最后划地为限，楼上归母子俩，楼下是她的。但房子还不能上锁，万一有人来了，还得以夫妻相称，怎么说，家里的事情，不要让外人知道为妙。

她的房子是两个叠在一起的 A 字，她只拥有一个 A，他们仍然在一起生活，多少次，她在睡梦里，发现自己卡上的数目变成零，她拿着一把银色的尖刀，一下子扎到老太太的咽喉里，扎扎扎！一片血。但醒来的时候，月亮正挂在窗户里，柔和的光。她没有剪刀，有的话也不会用，她现在能做的事情就是：拖下去——她还年轻得很，她可以把老太太拖死，剩下个雏的，就好对付了！

【女子部】

女子者，为稀薄理想束缚之女人也。

金孔雀

招牌女子

【判】招之即来 牌之不定

【令】无主见者饮

她接的活更多，内衣广告，衬衣广告，胸衣广告，最让她无法忍受的是一家成人用品店居然直接把她复制到单子上了，边上写着不知羞耻的字：迅速坚挺、增粗，男人不用愁，女人美滋滋。

“好，过来些，再把头歪些，眼神要迷离些，对，就这个位置！”摄影师对招牌女郎说。

招牌女郎觉得这个姿势傻傻的，抬起一只胳膊，向前扎开，似乎是所有城市女性最常用的一个动作，TAXI！她的右手无名指上戴着一枚金灿灿的戒指，戒面上是一把金色的小扇，仿佛一扇，就跟出来一把江南的雨伞。

她的下身穿着绿色的长裙，薄纱一般，半透的绿，伸出两条若隐若现的细长的腿，一腿微曲，微微抬起后跟，一双漆皮亮面的红色高跟鞋，一只鞋耷拉挂着后脚跟，要落到地面的感觉……

照片拍完了，摄影师和模特就退场了，人去台空。等着新的幕布里的灯光，再次看到这张照片时，已经是设计师的电脑，一位漂亮的女子正在负责这样的事情：马路不见了，拉来青色斑驳的一堵墙，挡住那迷离的视线，手上戒指的金色、久远的灰里、漾开的青，正好押上韵了，那只手也被按在墙壁上，高跟鞋下面的地面长出几簇青草，从干裂地面冒出来，下面似乎深藏隐秘的水源。

残垣美人，夕阳晚照，是多少楼盘开发商的情调，但模特身上的衣服太多了，按照开发商的意见，又把后面的裙子再剪短些，再透明些，透明到你不停地擦眼镜，好像怀疑那层薄纱只是镜片上的雾气。

眼珠子也是开发商不满意的，有点像迷路的小兽，哪像进入楼盘就宾至如归的女子，走到我们楼盘就需要有宾至如归的感觉。一看像迷路，早知道这样，不如换个模特，但现在说这些已经太迟，只得给原来淡黑迷离的眼珠加些深色，变得如同溪底的黑石子，沉下去沉下去的淡定贞静，瞳孔里点上一点儿青，青石子上的霜。这下好了，这才是庭院女人的眼神，三分忧怨，两分迷离，五分贞静，满腹闲愁，空锁在远古的庭院里。画面边上露出一小块蓝色的海，仿佛摩登女子是从海上漂流过来的。这个蓝色自由的楼盘广告牌可算大功告成，但女主人公的故事才开始——

她被关在一个幽暗的软盘里，后来又被刻在一个跑道一样的银色的碟子了。她见不到一点光，等她醒来的时候，又一家美体公司的制作部把她身上的衣服 PS 得更少，加上几句广告词：曲线是一种新生的优雅。她明白了，这是拿她的“线条”做文章，而且她的位置被转了 90 度，这样子，她似乎慵懒地躺着，用一种迷离的眼睛看着那句标语，这也是一种优雅……

她又开始昏昏欲睡，等她再次醒来，一家小笼包店的传单，再次把她请去，用大的宋体加黑：包子有肉，不在褶上！请到美人小笼包连锁店来，她不知道自己和包子有什么关系，凡是叫美人的广告牌，商店，传单，她都会被人家拉出去，尽管她不太愿意，但是由不得她，她就是美人，美人就是她，她是个消费品。大家吃包子若是看不到美人，就会茶饭不思。

再下去，她接的活更多，内衣广告，衬衣广告，胸衣广告，最让她无法忍受的是一家成人用品店居然直接把她复制到单子上了，边上写着不知羞耻的字：迅速坚挺、增粗，男人不用愁，女人美滋滋。她的眼睛开始迷离起来，就像下雨的玻璃一样。

现在，她又开始出现在一家美容院的传单上，被PS比以前枯瘦许多，依然有血色，她看到一位主顾天天去美容，懒洋洋地躺在那里，就留了些私心，顺着她在城市里的每个角落的海报和广告牌去偷看，开始是远远的一个小点，看到她就在公交车上偷东西，把手伸进包里——后来她找了一个好的位置，就在那个扒手家的对面，她看到她楼上的灯每天都会开到深夜，她开始走来走去的，很焦虑的样子，然后躲在一个角落里抱头痛哭，大把大把吃着药片，然后盖上面膜睡去。和她在美容院里是两个样子，她在美容院，永远是一副享受的样子。

她开始被大量贴在墙壁上，和一些小广告混杂在一起，一个胖子模样的人贴上张：欲寻一优质女性，成就一个惊天旷世之杰作，望有情趣相投者速联系×××××。她快要把心肝都呕到地上，这个杰作的父亲真是猥琐极了，上身穿着西装，下身穿着笔挺的短裤，锃亮的皮鞋，是踏三轮车的暴发户吧。

又有一个女人小心地把一张粉红色的纸条拦腰盖在她身上，

围着她看的人一下子多起来，她似乎挂了条粉红色的绸带，很符合海报上退色的格调。传单上招牌女子开始老了，身上的绿裙子成了灰绿，她的高跟鞋完全落了红漆，一道一道的划痕，皮肤由黄色变成灰白。

她被一个陌生女人，手指蘸着口水，一点一点小心从身上撕下来，传单被手握成团，那个女人嘴巴里念叨：这次可以把她干掉了！

她的身体急速滚动，仰面朝天，那只手还向着地面的方向伸着，耳朵开始听到地面的动静，许多汽车的马达声像锯木头一样，喇叭声响着，地球的那一半，夜已很深，许多女人又卸掉一脸的妆，刷上一层冰山淤泥，准备新的美容运动。

她艰难地伸出一只手，仿佛从沼泽里伸出来，向上，细如枯骨。

在那只手的上方，一块很醒目的公益广告牌写着“精英讲坛”几个大字，一个方脸的女人幸福洋溢地对这个城市报以微笑。

十百子

乌龟女子

【判】爬行也算前进

【令】性缓慢者饮

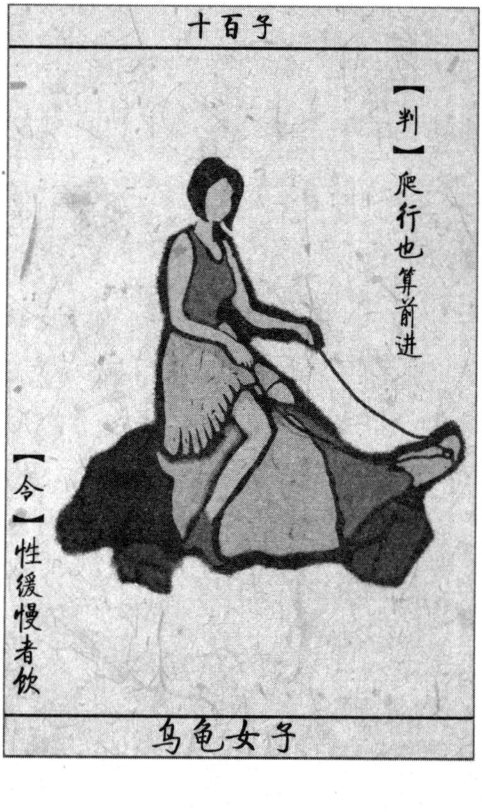
十百子
【判】爬行也算前进
【令】性缓慢者饮
乌龟女子

只有乌龟女子，一点都不急，她一点一点地，在人生的坐标上挪动。她最常说的话："你看哪，我们在慢慢变好呢。"说这话的时候，她眼里闪烁着希望的光。

阿基里斯能否追上乌龟？事情是这样的：当阿基里斯到达乌龟原来的地点，乌龟已向前挪了一小段，而当阿基里斯继续到达乌龟后来的地点，乌龟又向前挪了一小段。这样推理，只要乌龟不停地向前，阿基里斯就永远追不上乌龟。

这个道理就是乌龟女子的道理。乌龟女子做什么都会比你慢半秒，这是个温吞吞白静的微胖的女孩，即便你有时候问她问题，也须等过了半分钟，她才温吞地回答，似乎需要度过电脑内存里的漫长的缓冲阶段。然后，不紧不慢地前进。

别人升学，她正在留级。

别人读大学，她在高考复读。

别人毕业，她正在热火朝天地读大学。

别人开始恋爱，她一片空白。

别人结婚，她总算恋上爱了。

别人离婚，她刚刚结上婚。

乌龟女子是所有人都回避不开的魅影，你会觉得她和年轻的你很像，又会觉得她是你过去的幽灵，挥之不去。当你把小房子换成大房子，她也开始买了一间小房子。当你开同学会的时候，宝马奥迪奔驰排成行的时候，有一辆醒目的小破车就停在那里，这是乌龟女子和她的夫君刚购置的二手奥拓。他们有一种丝毫不以为意的豁达，仿佛没有任何的横向比较之必要。

乌龟女子早上上班，中午吃着家里的盒饭便当，晚上回家做饭。乌龟女子的老公和她一样，干了六年，依然是个卑微的小白领，晚上记账时需要用三到四种颜色的笔，红色多了说明有赤字，两个人为了这些赤字辩论一番是常有的，但从不打架。不够用就省着点！这是乌龟女子信奉的原则。

乌龟女子办公室的几个女人：花痴女人结婚了，并且立刻有了孩子。便当女人拉上了办公室的小伙子开始过起小生活，只剩下干物女人和乌龟女子的生活是永远不变的，她永远会陪她吃饭，永远是鱼香肉丝，一个是为了省钱，一个是真的爱吃。

乌龟女子找老公的时候，全家都反对。这个瘦弱的男子是个丝毫看不见希望的人。人好就行，乌龟女子说。现在看到了，她的老公是一个可怜平缓的函数，他们顺着这个可怜的斜率滑行。多数人都已经超过这对可爱的活宝，只有乌龟女子，一点都不急，她一点一点地，在人生的坐标上挪动。她最常说的话：“你看哪，我们在慢慢变好呢。”说这话的时候，她眼里闪烁着希望的光。

乌龟女子的老公胆子特小，乌龟女子生病的时候，他就在边上哭。他当所有的人都不存在，乌龟女子说小声点，我病了。乌龟女子的老公就改成小声的抽泣，哭到乌龟女子烦透了，说，我还没死呢！等我死了你再哭吧。乌龟女子的老公这才如梦方醒，想到自己平时得过且过的样子，乌龟女子的老公很不好意思地对她说，你可别死，我还没让你住上大一些的房子，没让你开贵一些的车子，还没吃上更好吃些的山珍海味。乌龟女子半天喘口气：八成是等不着啰。乌龟女子的老公又开始大声地哭起来。

这只是一个小的插曲，等乌龟女子一有好转，乌龟女子的老公似乎又回到原来的老样子，你说房子太小，他说能住就行啦！你说车子太旧，他说多少人没车，羡慕我们得不行呢！乌龟女子知道，自己和他都是那样的一类爬行动物，他们缓慢地在理想的路上挪动，并不在乎别人怎么看待。

乌龟女子的车子后面，始终用一张八开的白纸贴着，上面用粗笔写上：私人用车，请勿磕碰。出去的时候，在背后看到醒目的白的一块，你就知道，乌龟女子要出来了。他们的车子经常会抛锚，在马路边上，乌龟女子在车窗上惆怅地看着远方，而她的老公在窗户外边打电话找拖车……

乌龟女子也有伤心的时候，她也不哭，拿着家里厚厚的被子，往头上一蒙，然后躲在被子里，偶尔能听到里面有小声的啜泣，但是很快就传来鼾声。她什么也不想管了，睡觉是对付烦恼最好的方式。这就是这个不成器的乌龟女子，她是我们女子时代的一个省略号。

九百子

螃蟹女子

【判】横向比较生活

【令】喜攀比者饮

螃蟹女子忙督促不成器的老公，说我们要努力了，我们的薪水刚好是今天报纸报道的平均线水准。“这不挺好的吗？”……“好个屁，你知道，这世界有一半的人过得比我们好！”

螃蟹女子去参加一个同学的聚会，特意给自己画了画眉毛，为老公买了条意大利真丝领带，她的老公瘦得可以把宽版领带当肚兜戴，螃蟹女子一进大门，就瞅见一条一模一样的领带，而且对方男人的气质要远在她家之上，这让她心头一闷，半晌吐不出气来。

她看着老公偶人般地朝这个笑一下，朝那位笑一下，气就不打一处来，使劲地在他胳膊上拧了一下，他哎约一声，下半场老公便呆若木鸡地坐在那边，走神。对铺的老三买了台17万的新车，老四都已经有别墅啦，老大是最没用的，无业且收入微薄，然而，她的老公精神且帅气，就是进门撞见和她家系着同款意大利真丝领带的那位，想到这，螃蟹女子蛾眉一横，从尖瘦的瓜子脸蛋上挤出一丝笑意，让它飘浮在浅浅的酒窝上。

宿舍七位好姐妹虽已毕业多年，却不时地赏花赏月聚在一起，有主的带上屋外头的爷来瞅瞅。唯独螃蟹女子每次总是托词家里那位不得空，这回百般推脱不掉，只得把他装扮一番，螃蟹女子穿上家里最好的靴子，鞋跟有10厘米，耳朵上戴上一副金闪闪的扇形耳线，侧过去说话时，正好可以给对面展示下。唯独老公拿不出手，这个细瘦的竿子虽说每月定期把工资上缴，且对她言听计从，然而……

“老二，你的耳线真的很好看。”老大微笑地说。

螃蟹女子侧过身去叫服务员再来壶茶。“便宜货了，有时候换换心情而已。”

“多少钱买的?”老大不识趣地追着问。

“也就千儿出头。”螃蟹女子淡淡地把话虚晃过去。

“多少!”老大忽然大声叫出来，“我上次在一家店里看到的才200块，我还嫌它贵，东西是怪好看的，我也很喜欢。”

螃蟹女子脸都快绿了，沉着气说了句：“也许只是款式一样的吧。”

“没有没有，一个东西，我发誓！对了，我家老公的领带也是在那家店的边上买的，打了3折，才60块，真便宜!”

遇到这样的傻大姐，螃蟹女子唯有以沉默和微笑来反抗。老四这时候打了个埋伏，聊起当年旧事，最小的老七去了美国读博士后，找了一个珠宝商人，老四提到她的时候一脸羡慕。大家依稀记得黝黑瘦小的老七，怯生生地看着你，除了读书好外，大家真的不能从她身上挤出任何优点，然而……

螃蟹女子还记得有次和老七吵架，大家语无伦次地争论起来，她叉着腰骂她个没人要的东西，男人看上你才怪呢！老七哭哭啼啼了好几天。

老三也嫁作商人妇，虽说不能算豪门，但至少是朱门。屋子里全是红木家具，一座玉观音供奉着，人也比以前和气多了，手腕上一串佛珠跟着，开的车都是数得着牌子的。

老三是位古典的女子，总喜欢赏月吟词，在宿舍里有时候也喜欢奴家哀家地叫着，大家笑得前仰后合的，你到底是谁的奴啊。她现在依然古典，可惜她没活在古代。

老四去了基层，当了公务员，分了两套房子，乡下人分什么都不如分房子，两套房子，自己又买了个别墅，过得没心没肺的。

老五？似乎已经从记忆里消失了，即便她在，或许在夜场里醉生梦死吧，老五大学基本上就泡在舞厅里了，跟一个男人上了床，怀上了，被学校给发现了。于是，老五就从眼皮底下消失了。

老六留校当上副教授了，现在已经开始是文化名人了，她出现在各种角落，唯独不出现在同学会上。即使再遇上，也未必认得出这些老同学啦。这个方脸的女人到哪儿都是忽悠，一阵爽朗的笑声。老七，前面已经说过，此处按下不表。

老三说自己信了密宗，每年要去西藏一回，见见活佛的上师，围在一个火炉边上喝藏茶，喝到脊梁咯咯响，高原的感觉真的令你一生难忘。老三约了大家秋天一块去或者去湖里打秋风吃螃蟹，大家说好，然而现在从事的行业不同，时间也未必统一，哪有老三这般悠闲。老三却摇头，女人最怕闲，闲也能闲出病了。螃蟹女子打趣说这富贵病不少的，我家是拉磨的驴子，整天戴着眼罩过日子。

不知道谁还记得辅导员李老师如何了？大家忽然打开记忆的

屏风。

高高瘦瘦的，一副黑色的眼镜。很温和的帅气。可惜老婆是个悍妇。

现在似乎觉得这是个可怜的政治老师，却不知道当初班上暗自喜欢他的人会如此多，多到大家希望直接把他家的那口子炖了。

螃蟹女子忽然觉得长着一副书生脸，黑色眼镜，这样的人早就成了一张发黄的照片，插到哪个相册里去了。姐妹们都过得不错，老三比她运气好，有钱有空闲了。老六是得财得名，常常上上电视，又有社会地位。老七，不用说了，老七是传奇，羡慕不得，用电视剧的时间找到了另一半，这是平常人羡慕不得的。连最差的老大，虽说工资很少，地位卑微，长相砢碜，但人家的男人缘也比自己好，由此说来，自己反倒是最失败的人，想到这，螃蟹女子的眼睛又红了，她拿起纸巾又擦了一下。

“我家老公年轻的时候是班草，追他的女生多了去了。”老大不时望了望那边的桌子。

螃蟹女子不等她们说下去，就借故有着急的事情处理，以后再约见吧。

在家门口撞见给狗买狗粮的邻居，她忙嘱咐不成器的老公照着他家的级别去买。不要问为什么！他们家的狗不能比别家的吃得差。

晚上，两个人偶尔会出来看星星，城市的天空其实无任何星星可看，螃蟹女子忙督促不成器的老公，说我们要努力了，我们的薪水刚好是今天报纸报道的平均线水准。

“这不挺好的吗？”老公喝着酒带着点温柔的酒意。“好个屁，你知道，这世界有一半的人过得比我们好！”螃蟹女子把酒杯重重地摔在地上，然后走进屋子里，把灯关掉。

八百子

孔雀女子

【判】刹那即是永恒

【令】闪婚者饮

孔雀女子前身是孔雀明王的坐骑，随孔雀明王出游，明王二臂，右手持孔雀尾，左手持莲花，坐赤莲花座，孔雀开屏，绽开刹那于永恒。

孔雀女子前身是孔雀明王的坐骑，随孔雀明王出游，明王二臂，右手持孔雀尾，左手持莲花，坐赤莲花座，孔雀开屏，绽开刹那于永恒。

孔雀女子平时话不多，也不加修饰。发髻高盘，发亮的额头，显得头发略有稀疏，总是棉麻裹身，远远就朝你微微一笑。近了，脸上却全无表情。她和你不熟悉的时候，话很少，无非是知道的，好的，不错，还可以……只是简洁地答复你，并未希冀你的回馈。她的桌子上总是一些印花布包，搭配上素色的布鞋，行走在一群高跟鞋的中间，非常特别。

孔雀女子小时候比现在还单薄，穿着绿色的旗袍，在你眼里一闪，这样的女人适合拿着一把桐油的雨伞，走在江南的雨巷里，像一首诗歌：

下雨的时候，

忽然想到雨巷女子

伞上是牛毛的黑瓦

伞下是一个江南

孔雀女子喜欢绿色的缎子，竹制的簪子，从发髻盘起来，竹簪子从中间穿过去，远望去，她是汤面上的一点儿葱花。你见她第一面的时候，她总是低着头，目光从你身上扫过，并不停留，或者回头看你一眼，文艺得如同画中女子。接着，你和她熟悉起来，便慢慢话也多起来。有时候，忽然问你句：你喜欢丽江吗？你该怎么说呢？因为她问你这句话的时候，并未希望你的回答，这是一个反问句子，犹言你该去丽江看看，等你刚要回答，她冷不防地说了句：我要到丽江去住两个月。再问，机票都买好了。她说，她只是喜欢去丽江的桥头看星星，一个勺子样的北斗星，似乎马上要掉下来。多美！

第二天去公司，她已经飞走了。孔雀东南飞，十里一徘徊。

过段时间，你可能已经忘记那个女子，手机上忽然收到彩信，在雪山上面穿着一身绿色的羽绒服，给你一个冰冷的微笑，像孔雀开屏一样的惊喜。

孔雀女子慢慢淡出你的记忆，有天又接到她的电话。

“我在布达拉宫，我要结婚了！”她很兴奋地说。

“是吗？新郎是……”你实在不知道该说什么。

“嗯，是在丽江认识的，结果在西藏就又碰见了，我们就打算结婚。”

“……不错，恭喜……”

“我……我忽然不知道该说什么了，这真美……”

“很羡慕你……”

电话已经挂了，好像是地球那一边的声音，你总觉得这样的姑娘好像六角的雪花一样，一会儿就全化了。她活在每个人心里的一个瞬间的断面。另一个瞬间，就不是她了。

记得孔雀女子的人还模糊记得，在公司的年会上，她只给所有的人看了四张照片，是她桌子上的盆栽，春、夏、秋、冬。只是一个角度的静电影。大家不知道该说什么呢。那些照片现在还在办公桌上用钉子钉着。

以后再没有孔雀女子的消息，再也没有见到她的短信，大家还会聊起她，想到什么就去做呗，恐怕这是大家都想做的事情，却被一个弱女子做了。

她就活在你记忆的瞬间，一股绿意直逼过来。似乎是一瞬间的记忆，她的故事似乎和女人森林关系不大。

七百子

两生花女子

【判】各自开花 各自凋零

【令】梦想陨落者饮

这个世界最害怕女人说“也许”，因为每一个“也许”都是人生的岔路口……那个岔路口并没有被堵死，仿佛有两条河，此岸有花，彼岸也有花。

两生花女子的身材很好，穿上旗袍，凹凸有致，属于丰盈款款的那种，因此，两生花女子差点当上阿联酋航空公司的空姐，月薪3万。然而，当时她脑海里忽然闪出一个念头，飞机会不会掉下来呀。结果，她没有去，最后选择一家公司做行政。

从那之后，她脑海里不时会跳出这个念头，假如当初当上空姐，也许……

这个世界最害怕女人说“也许”，因为每一个“也许”都是人生的岔路口，谁叫这样的好事情，她给落下了呢？那个岔路口并没有被堵死，仿佛有两条河，此岸有花，彼岸也有花。

此岸花开，彼岸花落，禁不住总会拿来作一番比较。她会觉得天上地上，似乎总盛开两朵花，如镜中之像，水中之月。那个天上的“她”，现在已经顺利地踏上空姐的路，于是，本篇故事的主人有两个。

地上的那位开始忙碌什么呢？地上那位每天繁琐地工作，整理员工档案，咨询酒店客房，安排员工出差，调查每个部门女职员的怀孕情况，遇到不冲洗厕所的员工，则须在公司小黑板上写上：有人大便后不冲厕所，请大家注意素质！

地上忙碌的时候，天上的空姐正在云层里穿梭，飞机在高空里平稳滑行，她推着餐车走动，细心地询问乘客需要，倒咖啡、饮料或红茶，她微笑着，不拒绝任何乘客的咨询。一身蓝色的制服，深蓝的天空般的深邃。她在窗户外边看到棉花絮一样的云朵，心情刹那间好起来。你从这个角度可以看到飞机的机翼，一只大鸟一样的机翼，她在想，地上的那位怎么样了？

地上的还在登记、划价和电话通知酒店，每个人配备一个步话机，她走来走去地招呼着，她既要干文员的活，关键时刻又是工作人员，副总和总经理的关系本来就很不好，她靠在左边，右边就把她当作仇人了，靠在右边，左边的人又得罪了。公司里壁垒森严，分门分派，她朝谁笑都需要仔细考虑下的。她和谁招呼，和谁需要招呼，但不能过于热情，如何处理危机公关的能力，这些都是地上人的事情，琐碎庸俗。天上的人，永远不会知道。

天上的人，不可能永远在天上飘着，她也会孤单，会想着在哪里遇到未来的他，每次想到“他”的时候，她脑海里就会很飘忽地弥漫一片云雾，像小时候连环画里出现的腾云，那些男主角一个个乘着云团飞过来，又悄悄飘走。

可以是米兰的一段奇遇，也可以是在纽约街头的邂逅，你也会希望是在罗马或者西西里岛的不惹眼的咖啡馆，来杯威士忌吧！飞机可能掠过你憧憬任何地点的上空，却不能驻留片刻，所以那些男主角也都无奈地飘走了。

她，很孤单。

地上要是知道天上的很孤单，一定会嘲笑她，她真的很单纯，女人这一辈子，最重要的是机会，你觉得去买卫生纸会遇到白马王子吗？还是可能在普罗旺斯的面包店里相遇？人生其实就是一个“舞台”，你站在不同的台上，认识的朋友也会完全迥异，生活会完全不同。

天上的哧哧地笑起来，地上的觉得空姐风光，其实自己就是个高级乘务员，你除了端茶倒水外，你还能怎样认识人？公司规定，不得与乘客闲聊，不可搭讪，不能随意提供个人的联系方式。每次进来的时候给乘客一个微笑，出去的时候还以一个微笑，她还能干什么呢？无事的时候就宅在家，把冰山泥涂在脸蛋上面，再好看的脸蛋，也开不出花来了。

地上的这会儿在复印文件，准备明天开会，每次总经理开会，都要声嘶力竭地和副总经理吵一架，他俩吵架的时候唾沫飞溅，她就夹杂在中间，唾沫星子直接喷到脸上，还必须做会议记录，得把骂人的话都PASS，耳朵尖些，把意见都记下来，改成温和的语气，防止第二天不认账的领导会说：我是这样说的吗？做人真难。

天上的开始恋爱了，她去一家酒吧的时候，认识了一个高高帅帅的男生，酒吧里流行“蓝牙搜”，打开你的蓝牙，几米之内的手机机型尽在眼中。她忽然发现自己手机接收到传送文件的确认，小心按确定。打开文件：我能够认识你吗？要是你不愿意，就当我没问过，我在你前面的沙发上。她抬头一看，一个高高瘦瘦的男人正在微笑而腼腆地看着她。

要是他主动来搭讪，她一定会拒绝。但是要命的是这是个脸皮特别薄的男生，你走近他的时候，他会很害羞，似乎做了错事。她骨子里就喜欢这样的款，有一种安全感。他说他是一家网站的CEO，看来她人生里还是有戏剧性的。她小心地呵护着不敢往下想。

地上的最近怎么样了？地上的心情不好，什么都不想说！

还是讲天上的吧，一切都在朝着理想的预期过去。可是，有天那个男人忽然消失了，再也找不到。她真不知道怎么办才好，他的手机停机了，房子是租的，网站说根本没有这个人，更为滑稽的是：她怀孕了。这些怎么都让她遇上了，她找了家地下诊所，打掉了。对，你没听错，故事到这里就结束了。

现在，她每次朝别人微笑的时候都会有罪恶的感觉，看到云层的时候，会颤抖，离上帝越近，骨子里越发麻。她每次休息的那几天，都会去酒吧，当然，还会有搭讪的，来者不拒。每一个晚上，都有一个陌生的情人，这样也不错。

地上的要结婚了，同事的一个同学的哥哥，绕了几层关系，最后搭上线了，其实很想谈一次自由的恋爱，这类的相亲好处在于，随时会有人追问，你和他如何了？同事会追问同学，同学会追问他哥哥：你怎么欺负她了？她昨天在办公室眼睛红红的——这是一大群人在恋爱。认识三到六个月就可以结婚了，地上的恋爱后心宽体胖，身材也开始变形了，坐下来，一肚子赘肉，她现在想天上的那位的时间也少了！

天上的最近发生一件事情，飞机因为遭遇气流不稳定，机上的人很慌张，她脑海里一刹那想到飞机坠毁，她开始害怕，脑海里出现火焰把皮肤烤焦的感觉，她刹那间哆嗦起来，飞机稳定后，她还蹲在那里哭，哭得好伤心。

现在地上的开始不再羡慕天上的那位了，也很少想起她，她成了一个大妈级别的女人，她有时候会在办公室里谈性事，夸下自己老公厉害着呢！她开始攒一些发票，一月多报销他136块，一年就是××，她盘算着买套小户型的房子，她穿着大裤头的男式裤子，她对着老公说：我当年差点就当上空姐，阿联酋航空公司的！假如我去了，我丫的能看上你！……

这时候，她忽然想到天上的那位，对啊！天上的那位去哪儿了？

天上的那位还在某个天空上面飞行，不过她和地上的那位已经没任何联系了。

这两生的花，各自花开，各自凋零。

六百子

明暗女子

【判】明暗有序　虚空寂然

【令】内外反差者饮

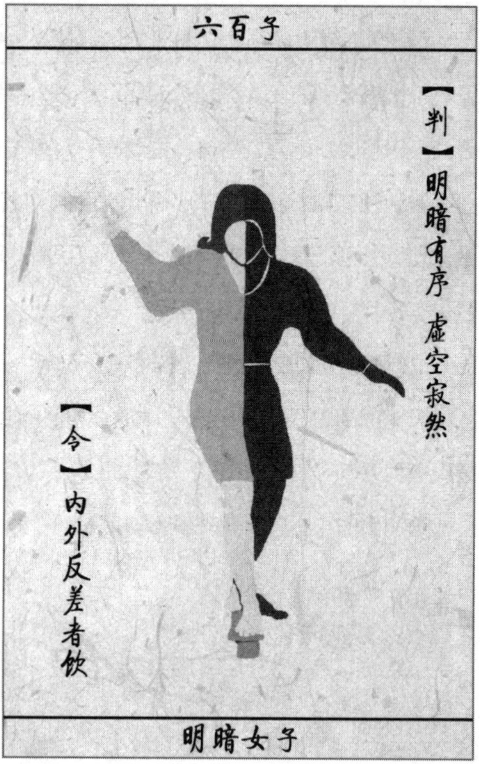
六百子
【判】明暗有序　虚空寂然
【令】内外反差者饮
明暗女子

谁都不相信她这样的安静的女子会有这样狂野的一面。在明处，她是别人的。在暗处，她是自己的。

“闪电在手，黑暗中当烛光。”明暗女子喜欢松尾芭蕉的这句话，那种明和暗交替对比，正是她内心欣赏的，她是一位平面设计师，整天游离在二维空间里，色彩、线条、凹凸、比例，那个矩形的平面，是黑色的地中海，常年晦暗，唯靠一烛之亮，仅能照亮一尺的距离，她带着一点萤火的光亮，小心翼翼地划进黑色的旋涡中心。

她喜欢一个人静静地躲在屋里阴暗的角落，冬日的阳光寂静地从窗口泻进来，在屋子里形成明暗交织的地带，泡上一杯咖啡，放上几块冰块，咯噔咯噔地嚼起来。耳朵能欣赏到牙齿的欲望。光着脚板踩在木地板上咯吱咯吱地响，远处城轨咔哒咔哒在地面留下回响。

正对着明暗边界的那面镜子，看得出自己侧面轮廓，高高的鼻子，略有点圆的脸，蓬乱的短发，如同墨色纸剪的薄片，阳光慢慢侵入发际，渐渐可以看到黑暗里那双很大的眼睛。

电梯忽然坏了，有人掏打火机，啪的一声，一张男人的脸，红通通的，升腾在一团火的后面，浓浓的眉毛，眼睛里的两个她正同两团火在搏斗，火又灭了。电梯慢慢开动的声音，提着她穿过斑驳的阴影，光把她切成一段明一段暗，又带到强烈的白色下面，那个A城市的男人不见了，眼角多了一条鱼尾纹。

她在深夜的公路上疾驰，胃里还有一阵的酒气，周围的所有线条在这个速度下变形压扁，血液涌到身体最末端，心脏像水泵一样将红色输出去。谁都不相信她这样安静的女子会有这样狂野的一面，在明处，她是别人的，在暗处，她是自己的。

她开始在这个城市给人做设计，一个矩形的六面体，如同锁紧的小匣子，里面一定伸手不见五指，在那些匣子的表面流淌着华丽的色彩，她觉得匣子的中央一定很寂寞，所以那些色彩可以冲淡里面的寂寞，凸的凹的，UV，烫银，烫金，月亮背面的不平坦，红色慢慢在平面上沉下去，蓝色慢慢升起来，定睛一看，那是一张结婚的照片，背景是蓝色的天空，新郎和新娘都很精神，找不到鱼尾纹。

她给一幅地产仕女图设计封面，女模特很特别，拉过来青色的砖，蓝色的海，红色的夕阳，味道就出来了，有时候她向往一种“影像化的生活”，她很喜欢那女人的眼睛，于是她就偷偷地将眼睛放大了1000多倍，把一个“大海”的感觉PS上去，她忽然在想，这依然是一双看马路的“眼神”，不是看大海的眼神。她很失落。

结婚后，再也不能深夜里很迟才回来，笼子里的金丝鸟，后海的那个小CD店还经常去，那里有一面墙，全是名片钉在那里，从总经理到包子店老板，都是喜欢音乐的，鱼龙混杂在一起，叫人好笑。那时候，同行的男生很乖，头发和韩剧里的明星似的，他有一双温柔的眼神。狮子座的，可以在深夜里打20多个电话给你，直到把你逼哭为止。

母亲总在众人前夸这个女孩子多么多么地乖巧，其实她一点都不乖，她心里知道自己要怎样，她在那些说自己很乖的声音的浸泡下，全身柔软，酥麻，身体开始溶解，一个人轻飘飘地从海底浮上水面，天空是一个大的平面的框子，但颜色根本不听话地向周围流溢，红色染掉半个天空，很像凡·高的画。

现在的老公很温驯，她还会给他看以前新加坡男友的信，前男友是个健美爱好者，天天陪着他去买增肌粉，站起来要比现在的这位高很多，信全是用英文写的，他的英文不好，所以依然很有兴致地看着，冷不防跳出一句“Dear”，他才不高兴地扔开。

老是在做梦，还在明暗的洞穴里面，音响里一些若有若无的法国轻摇滚，镜子里依旧还是那个纸片一样的侧影，不过这回，下巴似乎更尖了。她是默片时代的“完”，在“完”的周围有许多放射的光线，幕布的后面似乎有无数的眼睛在窥视她，躲在某个角落在看她，要把她吃掉，手术刀从某个角落伸出来，又是那双恐惧的眼睛，整个画面又成了红色。红色慢慢被水冲掉，那是她做的一个封面，有一朵玫瑰在暗夜里从里伸到外面，开放。

五百子

机车女子

【判】机车不龟毛

【令】阳光乐天派饮

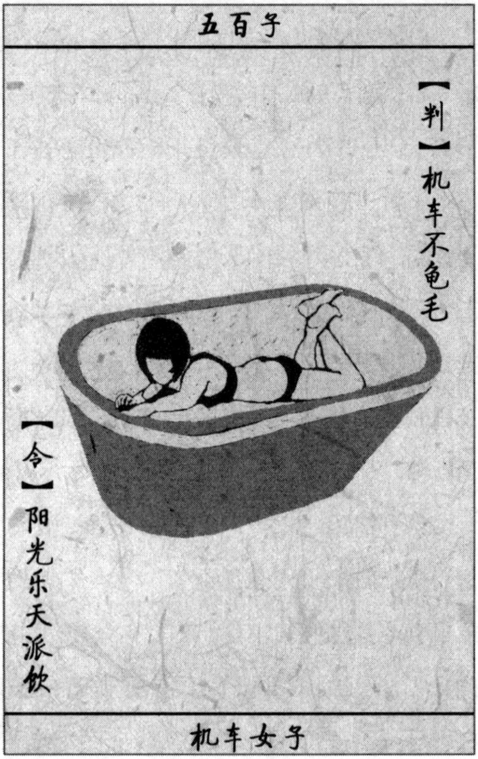
五百子
【判】机车不龟毛
【令】阳光乐天派飲
机车女子

她在那里一站，两眼翻白，斜对着天花板，双手叉腰，机车！有意思极了。真的好像有辆车开过来耶。她是个小姑娘，也是个老姑娘。

“机车！”机车女子喜欢嘟囔，她很喜欢用各种声调来学这个词，多啦A梦，樱桃小丸子的，蜡笔小新的，王子的，公主的……每种语气都惟妙惟肖，但她并不知道这个流行词的意思，听说是蔡依林喜欢的一个口头语，似乎港台那都这么说。感觉是说你有些八卦，有点不正常，还有那么点讨厌。反正，她并不在乎这个词后面有什么意思，她喜欢的是那个语气。

她在那里一站，两眼翻白，斜对着天花板，双手叉腰，机车！有意思极了。真的好像有辆车开过来耶。她是个小姑娘，也是个老姑娘。

老姑娘是说其实她的年纪也不小了，也该到了出嫁的年头了，小姑娘呢，她从头到脚，怎么看都像个长不大的丸子，小巧玲珑的，她的脚码也小，小到只能买童鞋穿，绿的，红的，粉的，紫的，再戴着一个毛线织的帽子，活像一只提线小木偶。

“那里已经没钱包可捡了！咸蛋超人！大象！大象！大象！”

“有个牧羊姑娘和一个扫烟囱的臭小子跑了！”

“杜丘先生……阿信一个人踏上远去的火车……”

看配音就知道她是个老人，她从小的理想是做一个配音演员，上译厂的配音，那些熟悉的声音是心里永远的梦想，她喜欢声音大于影像，她觉得你认识一个人也是从他的声音开始，嫁给一个人不如嫁给一个声音。

小时候家里很穷，只有一台很小的半导体收音机，全家人都围着一台小盒子，“中央人民广播电台，中央人民广播电台……”小盒子里藏着一个很大很大的世界，长大后才发现，世界虽然很大，喜欢做的事情却不多。

她现在的工作是广告文案，她已经工作了六年。公司里的人换了好几拨，同事们该提拔的提拔得差不多了，只有她在原地踏步。现在的领导，原来还是在她手下实习的实习生，她感觉到她真的老了，虽然背地里已经有人开始叫自己“天山童姥”了，但她丝毫不介意，天山童姥！天山童姥！她只会故作生气的样子，把嘴一努，双手叉腰，眼睛斜上，翻白，“机车！”久之，她有个新的绰号：机车姑娘！

机车可要比南瓜马车好多了！

那是那是！她的双眼笑成一条线。她是个空管子，胸无城府，她的心眼只是个“管道”，从那头流进去的，一定从这头流出来。

现在很快乐，这就够了。

高兴的时候，机车女子就会学着蔡依林的《舞娘》，扭臀提胯，摇摆不定，配音是她的强项，跳舞和唱歌都不是，她的腿很短，有点天生的扁平足，所以怎么跳都很像一只提线木偶。但是她，不介意！不介意！不介意！她就喜欢这样疯疯癫癫地生活！

机车女子也有伤心的时候，她就躲在墙角，把自己缩成很小的一团，那样很温暖，吧嗒吧嗒掉几滴眼泪，事情就过去了，又开始唱歌了！

机车女子也有害怕的时候，比如打雷闪电，刮风下雨。她怎么也睡不着，她的办法是，同时用几种不同的声音来“安慰”自己，小丸子对多啦A梦说别怕，有我！多啦A梦对小新说，别怕有我！小新对希瑞说，别怕，有我！

“兄弟们快集合吧，前面就是莫斯科红场，你们到日耳曼去洗刷你们战争的躯体吧！”（希特勒的配音）

“这就是沃尔特迪斯尼的米老鼠和唐老鸭……”

“赐予我力量吧，我是希瑞！”机车女子就不害怕了！她觉得很多人陪着她，梦想就在不远处。

她最喜欢一个人泡在很大很大的浴缸里，很快乐地唱着歌，忽然想到下水道是不是有怪兽，她就忽然很不安起来，忍者神龟不是住在下水道吗？她忽然觉得有眼睛在四周窥视着她，这个城市忽然又变得很没有安全感，她干脆潜到深水里去，她的肥皂盒是一只鸭子，漂在浴缸辽阔的水面上，对于它来说，浴缸就算是大海了吧，她想。城市，是她的大海。

虽然机车女子的爱情世界还一片空白，像一望无际的雪原，纯洁干净。她脑袋里还没有那个男人的影像，只是隐约有个很有磁性的声音，传到她耳朵里，热辣辣的。

你对她说该找个对象了吧，不小了。

她在那里一站，两眼翻白，斜对着天花板，双手叉腰，机车！有意思极了。真的好像有辆车开过来耶。

她是个小姑娘，也是个老姑娘。

四百子

BUCOOPER女子

【判】十三不靠 天下大乱

【令】不靠谱者饮

四百子
【判】十三不靠 天下大乱
【令】不靠谱者饮
B.C.P
BUCOOPER 女子

“BUCOOPER MISS”是她在俄罗斯留学期间，自己给取的绰号……似乎是一个典雅的词汇，但翻译过来，中国人都明白：不靠谱（BU-COOPER），当你被冠以BUCOOPER，仿佛是一个无底的洞穴，一头栽到里面去……

“BUCOOPER MISS”是她在俄罗斯留学期间，自己给取的绰号，她伪造了一个外文的单词，似乎是一个典雅的词汇，但翻译过来，中国人都明白：不靠谱（BUCOOPER），当你被冠以BUCOOPER，仿佛是一个无底的洞穴，一头栽到里面去，终其一生活在阴暗的角落。

留学时候和自己同桌的俄罗斯女孩，留着两条金黄色的小辫子，鼻头上还有星点雀斑，没几天，她发现女孩的肚子微微隆起，女孩开始羞涩地冲着她笑，她也羞涩地冲着她笑。她，不知道，为什么，要羞涩。反正，在外国，第一次见到，怀孕是如此迫近地发生在眼前。

没几天，女孩和她的男人开始请插画系的女生吃饭，也不说什么事情。后来孩子出生了，女孩开始抱着孩子来上学。后来，女孩又请客了。男孩开始说话，欢迎大家参加我和卡嘉的结婚PARTY。

她微笑地看着孩子，BUCOOPER MISS！

她还有个舍友，和一个阿拉伯人谈恋爱，男方把她带回中东去，全家都未曾见过直发的东方女子，大家都来用手小心在她的头顶上，摸一下，临到她走，也未曾表态家长的意见，BUCOOPER MISS！这似乎是一个女人用来表达对她所在世界的看法的感叹词，意思是：我太靠谱了，是这个世界太不靠谱了。

她见多了 BUCOOPER 的故事，自己却未曾想做 BUCOOPER MISS。有次在街头，一位衣冠不整的中年男人忽然用生硬的中文向她问好，然后问她是否来自中国，接下去戏剧性向她求婚，说自己是个诗人，家里有两个孩子，想找一位异国的妻子，那个男人穿得与街上捡啤酒盖的没多大区别，她真的很想笑，但换到一个异国的语境里，一点也不荒诞。

那个男人忽然双腿盘坐，说他很喜欢中国的孔子和老子：

DAO KE DAO （道可道）

FEI CHANG DAO （非常道）

她，头也没回，走了。

她认识的男孩也叫安德烈，俄国小说男人不叫安德烈就叫斯基，这回的安德烈却一点也不文艺，有时也酗酒，打她。安德烈很帅，高高的，他的母亲是彼得堡的模特，绿色眼珠子，在淡得发白的阳光里，是一幅绛青色的油画。但这样的油画生出的儿子却未必是驯服的，他一扬手，文艺片成了动作片，那段感情，她不敢想。但想起来，有时又很美好，连身上的疤痕都很美好。

她偷偷回国了，好像又开始了新的开始，去一家出版公司，她的笑是油坛的漏斗，每个人都舀出一瓢，一滴不多，一滴不少。每天有各种 BUCOOPER 的作者，一个跳脱衣舞的女人打算出一本小说，里面的插画却是明清神话小说的绣像，一阵烟雾，放出一团女妖的样子，BUCOOPER MISS！

她自己开了个工作室。做些什么呢？把一些餐具，重新用涂料画上一遍，在上面涂上些漂亮的纹理，比如砧板，你在上面画上一条彩色的鱼，刀在上面的时候，总会犹豫一下，生怕把砧板剁花了。这样的创意产品很流行，你还可以在玻璃杯的内壁画曼陀罗花、莲花。一笔一笔地，感觉自己可以获得瞬间的安静。

工作室楼下住着个小男生，唠叨极了，每次总是要指点这个指点那个。她看他笑的时候，会有点莫名奇妙的紧张，她也对他笑，他笑得再强烈些，她也跟着强烈些，她笑得脸都酸了，他也是。然后，他们什么也没发生。

她做的东西被摆放到格子店里去，有一种商店叫格子铺，一格一格的，每一个格子都摆放着小的工艺产品，她做的手绘的鞋子摆在里面，稚气得可怜。在天蓝的海滩上面，几道波浪，蓝色的边，加一点橙红色的浪花，再卖给那些稚气未脱的小女孩。

以前在莫斯科，大家喜欢洗桑拿，在燥热的浴室里，拿鞭子抽打，然后再赤裸地跑到雪地里去，感觉在冷与热的极限里，透心的冷，那是俄国人喜欢的桑拿的习惯，国内没有的，我们喜欢温吞吞的人生。

她去听摇滚，每次都到那个小酒吧，都能碰到那个小乐队，似乎大家都当他们不存在，但是他们很重要，那是酒吧的背景，好像有花香从远处飘来。主唱总是戴着雷朋的眼镜，似乎目光集中在一点，然后有气无力地唱完收工。

她正要起身，忽然有人扑通地跪下来，正是那个主唱。喝醉了吗？她觉得一阵眩晕。眼前的故事，诸位可能也无法理解，但他们从此就一起，如同从《水浒传》里叉开一部《金瓶梅》，世界就是BUCOOPER MISS！

男方已经正式求婚，罗列几条好笑的理由：事少、人白、聪明。男方开始带她回家，见过父母，父母也一把年纪，见了两回就直接地说：你觉得咋样，早点登个记，我俩入土也都安心了！她的那幅画展得这么快，毫无悬念，这悬念只是人家的好戏，对她来说，还没开始就散场了。她全然不是自己的，她属于小说，属于电影，属于精彩的肥皂剧的。

故事到这并没有结束，只是开始，想到结婚她就恐惧，结婚那天，她告诉一位朋友：我要结婚了。对方连忙说恭喜。她转调说，但是我还没决定结不结。电话那头一阵惊讶，她赶忙说，我怕这次不结，以后就没机会结了。我周围的朋友全都离婚了。我结了，早晚也得离，要不，干脆不结了。要不，结了后，不要住在一起，住在一起肯定要分开的！要不……

她也不知道她要说什么？没有开始，没有终点，没有思绪，她一人在自由泳。BUCOOPER！BUCOOPER！BUCOOPER！BUCOOPER！BUCOOPER！

三百子

偷情女子

【判】人言可畏 短信无畏

【令】易婚外情者饮

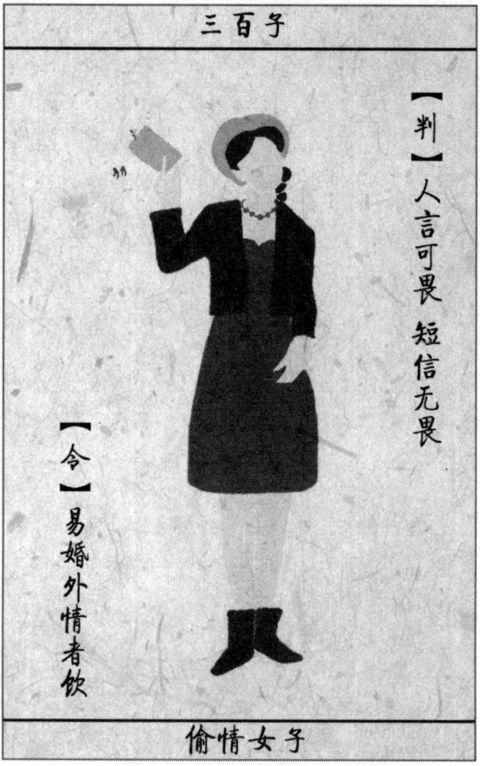
三百子
【判】人言可畏 短信无畏
【令】易婚外情者饮
偷情女子

她不喜欢死水一样的日子，她觉得似乎有一种神奇的电波会随时出现在手机里，这些由神奇符号出现的加密语言，这边的那个男人，那边的那个女人，都看不懂。

在这个城市里充满着各种电波，即使你关上窗户，电波依然从缝隙里钻进去，被墙阻挡后，又转向别的方向，这些微波在城市里震荡，反射，再震荡，再反射，你丝毫觉察不到它们隐秘的存在，像波又像粒子，物理学家叫“波粒二象性”的东西和本故事的主人公无关，虽然大学里她学的是电子通信，但所谓的电磁转换和震荡，她学得一头雾水。

她是个很聪明的女生，那时候还在和一个师兄谈恋爱，整天讨论的问题就是“波粒二象性”，电场和磁场成90度角，那个男生怕她不懂，傻乎乎地把双臂张开，我和你成90度角，然后发现自己说错话了。她还傻乎乎地问他通信里的“数据包加密”怎么回事，那个男的很严肃地告诉她：数据头＋信息＋数据尾，所谓加密都是对数据尾或者数据头加密的，以上专业的术语，听得她云里雾里。

现在她有个家庭了，老公是建筑队的工程师，人很老实，结婚三年，日子过得很平静。有时候半夜，她会很坏地碰碰他那里，他也心领神会，不过很快就完事了，一切和建筑施工一样，她很想叫出来，但看着他脸上的表情，就什么兴致也没有了。

她还记得和初恋在校园的角落，她穿着一条裙子，悄悄地开在暗夜里，不过，那是很久很久的事情了，那时候既兴奋又害怕。婚姻就是你们在城市里互相取暖，火灭之时，就是人散之刻。

桌上的手机忽然振动起来，老公走过去拿起来，说道：有你的短信。

你帮我看下吧，她说。她的老公是个小心眼，只要有任何异性朋友的短信，都要搜查下她的手机，原来她的手机是上锁的，为此，他们还大吵过一次，她愤怒地对他说：这是我的隐私！你无权查看！最少也得经过我的同意。他反唇相讥：我们是夫妻，夫妻之间还谈什么隐私，我有知情权吧。后来，她想通了，你看就看吧，我何苦拦着你，你是搞土木的，我是搞通信的，业余的怎么斗得过专业的。

短信是一个叫小丽的发的，只是工作上的事情：

工作的那张图纸给你了吗?!

她发过去：

我明天给你吧!!

她通常都很大方地给她的老公看，正所谓事无不可对人言。他见她如此坦然，也就不再过问。今天，他的单位正巧有饭局，她一人在家，桌子上的手机又振动起来：

工作的那张图纸给你了吗?!

还是那个小丽的短信，她的脸上忽然漾出很奇怪的表情。

我明天给你吧!

不久，又传来一条：

你一个人在家啊，想我了吗?

想啊，老公不在家！你老婆呢?

她也不在，要不，我能这么自由给你发短信?

门忽然响了，她的脸上出现很慌张的神色，立刻把刚才的那几条信息删除，然后，装做若无其事的样子，发了“!!”过去。

怎么今天回来得这么晚，她头也不抬。

出现一些事故，我去处理了下。他看着她像一只猫一样趴在沙发上，手机又过来一条短信：

我会处理的。>|

背后的符号很像是多按了几格，看来发短信的人很粗心。她趁着他走开那阵子，回了个“>|”给对方。

她没有告诉他那个发短信的小丽，就是她的小初恋，至于他，也根本破解不了她和“他”之间加密的“暗语”。大学时代，她就在和他研究一种不被第三者干扰的“加密”通信方式，前面的句子是“广播信息”，这是给大家看的，后面的符号才是“数据尾”：

工作的那张图纸给你了吗?!（?!表示你是一个人在家吗？）

我明天给你吧!!（!!现在两个人,!表示我单独一人）

这样她就可以完全不怕任何人查看她的手机，“>|”是她和他约定好的，表示“拥抱一下”，这个符号很像一个人张开双手，她的老公完全蒙在鼓里。她并不想和外面的那个人发生什么，她只是不太喜欢生活太平静了，不喜欢死水一样的日子，她觉得似乎有一种神奇的电波会随时出现在手机里，这些由神奇符号出现的加密语言，这边的那个男人，那边的那个女人，都看不懂。

二百子

双城女子

【判】双城穿梭 流转不定

【令】喜浪漫者饮

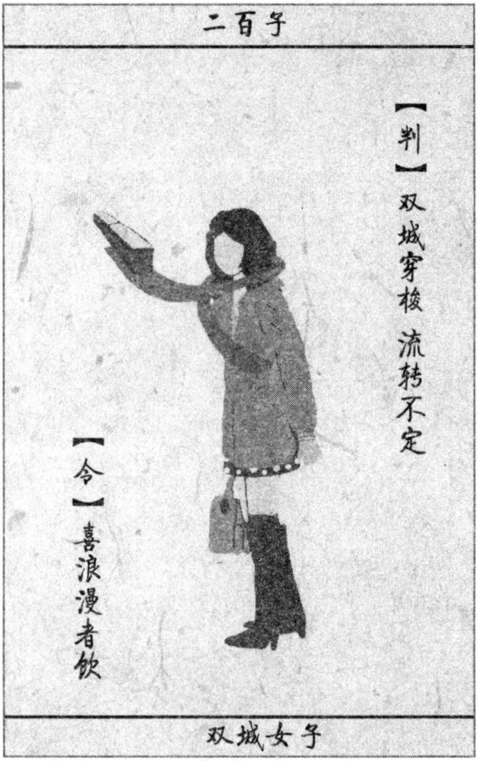
二百子
【判】双城穿梭 流转不定
【令】喜浪漫者饮
双城女子

她是属于两个城市的女人，而他是属于这列火车的男人，奔走于两点之间，她要找到的是归宿，他呢？只是城市与城市的过客。他和她，是永远不相交的线。

这世上有一类女人叫“双城女子”，每周往返于两个城市之间。前半周在北京，后半周在上海。她就是这样的女人，我们是城市里的候鸟，她喜欢这么称呼自己。她喜欢穿一身天蓝色的羽绒服，围上一条柔软的橙色围巾，蓝配橙，不太登对吧，她说，这叫一半是海水，一半是火焰，你不懂的，这是女人穿衣的美学。

北京—上海，上海—北京，一个是祖国的首都，一个是在那个唱“夜上海，夜上海”的地方，一列长长的火车上，到上海是黑夜，到北京是白天，感觉自己就是北京的白天和上海的黑夜“拼接”起来的，中间的血管就是那列火车。

一位朋友建议双城女子，带上一台照相机来打发火车上的时光，你可以拍一拍穿过黑夜的火车，她说，有什么可拍的，全世界的黑夜都是一样的。火车上难道会不一样吗？不过，她还是带上了。

在北京，双城女子干的工作是协调公司的内部关系，在上海，要做的是协调上海事业部和北京总部的关系，同时处理好客户的沟通与反馈，北京，她是个行政人员，而在上海，她是分部的领导，代表公司说话，直接向总部汇报。工作很像一个“连通器”，蓝色的液体在管子里流动，最后保持均衡。

在北京，她说话，喜欢用：我认为，我觉得，我建议，你最好这么考虑下；而在上海，她强迫自己多用：你必须，你务必，请和总部高度协调，出了事你负责吗！她知道，她就是那个帮着带鸡毛信的女人，万一中间稍有闪失，两边都会把责任推到她身上，所以做任何事情都要三思而后行，小心驶得万年船。

只有在连通器的中央，她只是一位过客。拿着一本卡尔维诺的《分成两半的子爵》，翻几页书，火车在茫茫的黑色的原野里奔驰，有时候还能看到平原的天空上，几颗星子在闪烁，你很难得在两个城市的夹缝里看到这样的景致。

一遇到冷天气，火车的窗户上就会结满好看的冰花，发现这列穿过黑夜的火车，冰花的样子也形态各异，像雪花的六棱形的，像石钟乳的，还有像船的帆，在火车内外空气冷热对流里，冰花和雾气就凝结在火车的玻璃上，白蒙蒙的一片，直到曙光起来，慢慢才化掉。她就把它们全拍下来，打算回去办个“冰花展览”，尤其是曙光那一刻的。

火车上，有个高高瘦瘦的列车员，老是穿着蓝色的制服，长得很干净，她的感觉里，男人干净是很重要的，有的男人胡茬子，怎么刮都不干净，看上去很脏。她喜欢那类瘦瘦的又很结实的男人，不要太白，男人太白和太黑都不好，那类文静稳重、斯文的，里面略带些秀气，有一双很深情的眼睛，像梁朝伟那样的，她实在无法忍受男人一张嘴，枯黄的牙齿跟麻将似的，哈出带着大蒜和马铃薯的臭气，牙齿上还沾着一小片韭菜。

这个列车员还算符合她的审美观，他还喜欢照镜子哦，每次经过那，他都会把帽子轻轻从头上取下来，对着列车的玻璃，照照，把被帽子压得变形地方的头发拢拢，抓抓，然后把额前的几缕头发理顺，刻意露出一小撮刘海，然后轻轻地盖上帽子，把帽檐拨得略歪些，有点像海盗船的船长哦。她不免多看了几眼。是挺帅的，要是……要是以后的他能有几分他的样子，带出去也可拉风下。她立刻阻断这个念头，不禁自己冷笑几声。她还是偷偷抓拍了张。

他们两个是不同时间、不同空间的人。她是属于两个城市的女人，而他是属于这列火车的男人，奔走于两点之间，她要找到的是归宿，他呢？只是城市与城市的过客。他和她，是永远不相交的线。

她依然是那个城市的候鸟，生活好像过山车一样，绕来绕去还是个零。好在，有他陪她玩过山车，她感觉那列火车就是她和他的过山车。

回去时候，照了几百张冰花的照片，可以放到单位的走廊里办个展览，请公司的领导题几句，也是一种文化的娱乐，她把相片都拷进电脑，用 PHOTOSHOP 一一 PS，把每张照片放到最大，这样容易看清噪点，她无意看到一张照片脏兮兮的，把它放到最大。这是幅晨曦到来时拍摄的，用了连拍，一口气咔了五张。

天哪！忽然，她忽然看到一双熟悉的眼睛在投射到模糊的玻璃上，可能是因为照片中央的金色太亮了，她并没有看到那双深情款款的眼睛，似乎在注视她，她的心里莫名其妙地难过起来，莫名奇妙地滴下几滴眼泪，那是候鸟的眼泪。

一百子

填词女子

【判】一曲清词气一堆

【令】好古雅者饮

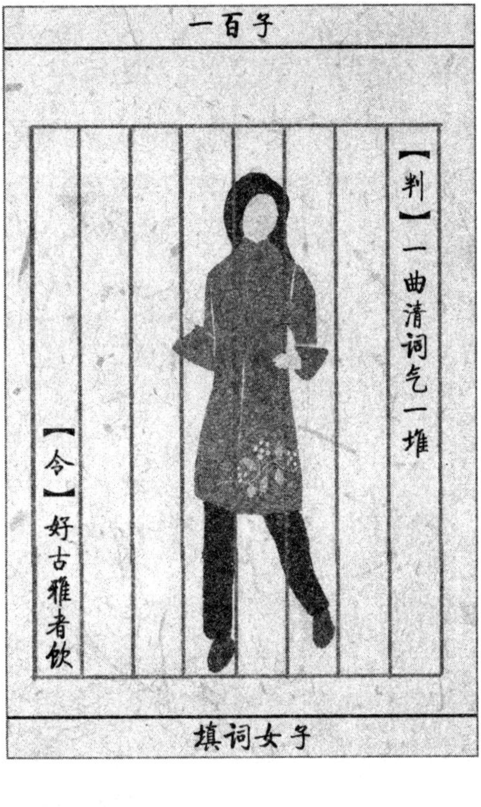
一百子
【判】一曲清词气一堆
【令】好古雅者饮
填词女子

每个女人的生命里都应该有片那样的叶子，

每个女人一生里都应该有那样的诗。她自己

也有一片枫叶，用红色的钢笔在上面写上小

楷：此生合共枫叶老，他年莫怨吾道孤。

在城市里，有一群现代的词人，不是指写现代诗的那些，好比叫月亮不能叫月亮，得叫玉蟾、冰魄、冷月，去码头送人，委婉地称霸陵折柳。真乃一派阑干横，晓星疏，平沙冷月，无边落木，千里烟波，万里雪飘，今宵春寒，三更惊梦，吴侬软语，好不愁煞也么哥！这些拿着古典语词砌墙的，叫现代填词人。

填词女子就是这样的填词人，一本《白香词谱》，熟记词韵与诗韵，上下十五平水韵，平上去入，那些软绵绵的古典语词似乎可以帮助她逃避这个钢筋水泥包裹的城市，有一点古典的梦幻。

看人家柳七家风，写一女子若青蝇随马飞舞，青蝇唯美浪漫，换成现代词“苍蝇”，除了脏，什么也没留下。菡萏香销翠叶残，菡萏在音节上比荷花动听多了，她喜欢一切有这种古典感觉的词语，易安悲苦，白石冷僻，飞卿缠绵，梦窗细婉，东坡风流，稼轩悲壮，老杜沉郁，静安通俗……这些不是石头、窗户、土坡或者马棚的代号，而是古代著名诗人的号，但时常不加姓名，也不管你知不知道，好像这些人都是她的邻里。她后悔生在当代的都市里，要是在古代怎么也是李易安那样的女子，可怜伊饱读诗书，精通音律，熟悉典故，却生不逢时，竟落得在一个无聊的机关当公务员，恁地怎不生春愁！

伊的老公是位地产商人，不太有情趣。她一般只拿白眼看他，把青眼留给那些诗友。

周三周五，冠者六七人，男子五六人，风乎茶馆，浴乎碧螺春，清谈几个小时。谈谈最近的词作前因后果，谈谈词牌的做法，从《十六字令》到《莺啼序》，你一句张兄此词，雄深雅健，似司马子长。我说不敢不敢，只是写得几分三春三月的心情罢了。你说此句似乎破了律，折了个三平调，我说此是拗句是也。外人不懂格律，自然是云里雾里，但这样小布尔乔亚的沙龙对她尤其重要，家里的男人是个文盲，他们没有这方面的共同语言。有个同屋的同学，现在是电视里的教授，等她诗集出版之余，倒可以找她作个序什么的。

不过最近诗友们忙着考试的考试，嫁人的嫁人，找工作的找工作，留个她形影相吊，挥杯劝孤影。实在不行也只得抓这厮来做做诗词的普及，她把龙榆生的《唐宋词格律》借他看，希冀开茅塞于冥顽，启醍醐于灌顶。她让他做的是《如梦令》，最有名者如易安居士所作：

昨夜雨疏风骤，

浓睡不消残酒，

试问卷帘人，

却道海棠依旧。

知否，知否，

应是绿肥红瘦。

她给他打电话叫他下班务必把词带回来，他满口答应。字数必须一样，而且要朗朗上口，若有不顺，定拿你是问！她知道她的男人要谋生，也不容易。但这些文人清雅之事，你也须学学，她的一个诗友，送妻子一枚香山的红叶，红叶上写着一首诗，感动得那个女人哭了一整天，每个女人的生命里都应该有片那样的叶子，每个女人一生里都应该有那样的诗，她却没有。他只会送她些俗气的金戒指、玛瑙手镯、项链——不是所有的女人都喜欢那些的。她自己也有一片枫叶，用红色的钢笔在上面写上小楷：此生合共枫叶老，他年莫怨吾道孤。写得好些伤心也么哥！

她还是不放心他，她又用短信提醒他下：

我夫台鉴：

小令请务必用心，拙妻已备水酒薄粥，待君归之日，共话巴山夜雨。

谨颂夏祺

老半天才回来句：谈生意，现在忙！她真有些火了，这个没文化、没信用的男人，看回来怎么收拾他！

晚上等了很久，那俗物才到家，似乎早忘了作词的事情，俗物问：今天做饭了吗？她不说话。他又问：我还没吃饭呢，还有饭吗？她冷眼白了他下，说：只有地瓜粥。你记得你的承诺吗？他一拍脑袋：哦，差点忘记了，现在就写。白天写支票，晚上写诗，苦也！她呸了他一口，作不出来，你连地瓜粥也别喝！他连说知道知道，就进来房间。她心里已经窝火极了。一会儿他就出来，把一张纸递给她，这么快！她定睛一看，工整地写着：

一宿还没闹够，
今天又来添乱，
试问掌门人，
却道地瓜依旧。
可否，可否，
放他个响屁臭。

她的脸都铁青了，接着变成紫色的，她唯一想做的一件事就是把这个粗鄙的野男人从她家15楼的窗户扔出去。扔他个绿肥红瘦！

玉麒麟

听筒女子

【判】未婚有子 哀运命之多艰

【令】奉子成婚者饮

玉麒麟
【令】奉子成婚者饮
【判】未婚有子 哀运命之多艰
听筒女子

早上去公园里散步，和另一个年轻的妈妈聊天。她说她生孩子的第一件事情，就是买三张飞机票，让孩子睁开第一眼看到富士山的雪，阿尔卑斯的鹰，撒哈拉的骆驼，泰国的鳄鱼……

听筒女子一早上起来，做的第一件事情就是上茶叶商店，在柜台边转悠了半天，营业员问道：这位小姐，请问您需要什么？听筒女子说，你们有纸罐装的茶叶吗？营业员笑道，我们这许多茶叶都是用纸罐装的，您是需要红茶还是绿茶？听筒女子说，我都不需要，只要纸罐！能卖两个给我吗？

……

营业员看这个肚子隆起的女人，心中思量，这真是个怪女人，跑到茶叶店里要纸罐来了。

一到家就关起门，把罐子里面的茶叶全倒掉，找出一针线盒，找到最粗的一枚针，在罐子底扎个孔，然后找一根粗的棉线，将两个纸罐连起来，拉直。这样一个简易的听筒电话就做好了。她还记得小时候做暑期作业，上面总写着做简易听诊器的原理，也是简易窃听器。就是这么制作的，那时她还将这个“听筒”用来打电话，线拉得很长很长，一个声音嗡嗡地从遥远的空气里传过来：我在中国。她还把听筒放到墙壁里，偷听隔壁的夫妻很奇怪的声音，两个筒把两个世界都连通在一起了。

现在她很想做的，只是听听肚子里的这个小家伙的动静，她知道这样的方法也许根本行不通，棉线需要拉得很紧，很直。稍微歪了，绕了，都不行！但是她只是想听听动静，可以让自己心情好点。要是肚子不是她的就好了，她就可以把头趴在人家的肚皮上，听听这个小生命的扰动，这本来是孩子的父亲应该做的事情，但现在……

她成了大家说的“未婚妈妈”，一个莫名奇妙怀上孩子的女人，很多人都是这么看的，躲藏在道德有色眼镜后面窃笑的眼神，那些眼角要笑出眼泪了。这个活该的女人，可怜的女人，不自重的女人，最低最低也是个愚蠢不小心的女人。即使连护士有时候也无意说错话，孩子的父亲呢？这是她心里最忌讳的句子，有时候真想歇斯底里地发通火。孩子的父亲死了！转念一想，以后要怎么给孩子说呢？

“从前，有一条河，妈妈和爸爸原来在河的中心，有天爸爸上对岸去了，很多别家的妈妈也到对岸去了，只有你妈妈在河的中心，和你在一起，她不知道怎么划，但又不能停下来——”这真是个愚蠢的比喻！她可以感觉到小家伙在肚皮里滚动，踢她，似乎还有打哈欠的声音，她真的很想听听小家伙的声音，因为，她很孤独。

她把听筒小心地放在肚皮上面，另一个则拿到耳朵边，只听到空气嗡嗡地响，没有任何小家伙的声音，她禁不住拿到嘴边，喂，呵——在吗？我是妈妈。她不知道怎么说出小时候打电话的一个句子：我在中国。忽然她觉得中国两个字，好大。

最近她的情绪不稳定极了，时而很兴奋很兴奋，想到孩子要降临这个世界，时而又很绝望很失落，她能依靠自己的能力养活他吗？忧伤抑郁夹杂着一箩筐的念头在打架，脑子里一个声音在暗处叫道：别打了！

那个男人的照片给她撕成几片，事后又乖乖地把它们贴起来，她是个女人，大着肚子的女人。

早上去公园里散步，和另一个年轻的妈妈聊天。她说她生孩子的第一件事情，就是买三张飞机票，让孩子睁开第一眼就看到富士山的雪，阿尔卑斯的鹰，撒哈拉的骆驼，泰国的鳄鱼……然后申请一项吉尼斯纪录，这是世界上年龄最小，坐飞机次数最多，一出生就提着比自己还大的旅行箱的小旅行家，她都笑岔气了，你也不怕孩子累着。

她的想法就是买架钢琴，让他摸着钢琴长大，听各种美妙的音乐，找个音乐家教他，拿根鞭子站在边上！不听话就抽他！

“你说抽谁?”那个妈妈撇撇嘴！

“当然是抽音乐家啊，我怎么舍得打我的宝宝呢?”两个人哈哈大笑，这真是两个好不现实的八卦母亲，孩子还没出来的时候，每个女人总是那么野心勃勃。她暗暗地想：在这个偌大的城市里，妈妈单身一个人能给你做些什么呢？想到这，眼眶有点湿湿的。

早上起来，她把那些以前的香烟都扔掉，换床厚被子，这样晚上不会着凉，把窗户漏风的地方全用胶布粘好，多喝开水，孩子需要很多的水，多吃鱼，保持充足的睡眠，把所有铁制的锐利刀具都统一放在抽屉里，锁上。万一，万一晚上梦游的时候伤到自己可不好。她知道，在城市里，一位单身的母亲，更要学会爱自己。

她听说一个方子，你想以后的孩子长成什么样子，你就买些婴儿的画，天天看，看着看着你的孩子生出来就是那个样子，比女娲造人都简单。圆圆的脸蛋，小眼珠子也是圆溜溜的，肥嘟嘟的小身子，还有很小很小的，很嫩的小手和小脚，红扑扑的，你想他有大的眼睛你就多看大的眼睛，那些像纯净深湖般的眼神。想到这，她就扑哧笑起来，据说，这个方法，公司的大姐也试过，很灵验的。

等再过几个月，她就不能去上班了，雇一个保姆来照顾自己，即使花点钱，也不能有任何闪失，买点营养品，她好像感觉这个小生命在她躯体里蠕动，忽然觉得人生又有了新的希望，他只是她的，和她在一起，他俩融为一体。想到这，她要在日记里把她要对孩子的话都写下来：

没准你的鼻子眉毛还没成形呢，姑且叫你小坏蛋，你这个小坏蛋，害得我连什么时装都穿不了，整天穿着空落落的孕妇装，羡慕地看着别家的阿姨，修身的裤子也穿不了，塑身的内衣穿不了，连妆粉都怕有化学元素也不用了，这个世界没有一个人可以让我如此这般为你而改变。你害得我灰头土脸又肥胖地过这十个月的时光，等你出来，我先打你三十大板，再拉着你的小红屁股去示众，你记住哦，你一辈子都要听妈妈的话哦。

孩子是她另一个情人，写不下去了，眼泪簌簌的。电话响了，是妈妈打来的，语气好了很多，虽然女儿让她面上失了光彩，但她们毕竟是一家人，更何况她的外孙没犯什么错，当前最要紧的就是把孩子先生下来。

小时候，阿妈喜欢用梳子，拿指甲拨着给她唱：小燕子，穿花衣。阿妈拢着她的头发说，多漂亮的小媳妇啊，将来一定有人抬花轿抢了去……

忽然想起以前的事情，心情平静许多，她小声地念叨，平静，平静，妈妈与你同在！一道光刚好照在写字台上，她细瘦的手指就摆在那，一点指甲油也没有。

【女郎部】

女郎者，摩登时尚之女性也。

空汤瓶

真时髦女郎

【判】时尚是恶心的态度

【令】奇装异服者饮

真时髦就是一种态度，你觉得时髦是什么，时髦就是坚持，就是年复年日复日滴水穿石的耐心，时髦就是训练你的感官适应自己的品位。

真时髦女郎已经时髦很久了，只是她一直没发现自己是时尚的急先锋。现在这么说吧，她已经代表潮流的方向了。即便五短的身材，腿也短了些，但她的偶像Beth Ditto的腿更短，人也更胖，人家却可以穿梭在各大国际品牌的秀场里，肆无忌惮无所畏惧地秀自己的身材呢！真时髦女郎最羡慕的，就是这种勇气。

她从小就梦想做一名时尚人，她衣柜的衣服可以专门用来当彩色电视的广告服装：红、粉红、洋红、橙色、金黄、紫色、大绿、草绿、浅绿、苹果绿、大黄、土黄、深蓝、海蓝、青蓝……你看到她在小区里穿过去，冷不防会打个哈欠，烟熏妆+大红大绿+臃肿的身体，大家暗地里一笑，这是一只彩色的熊猫，但是真时髦女郎真不介意。

真时髦就是一种态度，你觉得时髦是什么，时髦就是坚持，就是年复年日复日滴水穿石的耐心，时髦就是训练你的感官适应自己的品位。她就喜欢红，就喜欢粉，就喜欢绿，白天她是个番茄，晚上是个青苹果，她穿越一切嘲讽的眼波，在人和人的嘴角里坚强地秀自己

——她也会动摇，我是不是真的很丑——这时候她就会拿出Beth Ditto的相册看，Beth Ditto的脚踩在裸体的男人胸膛上，谁人比我更女王！她就是女王，是尊贵和时尚的女神，外表是可以忽略的，时尚就是一种压倒一切的态度，这时候，她就会坚定地走下去，也许她可能成为下一个中国的Beth Ditto，虽然只敢偶尔去想下。再偶尔想想。

小区里老太太背后里说：阿弥陀佛！这个满身彩色条纹的女人总是从我背后冒出来，差点没把我吓死，一脸浓妆，红嘴唇，晚上看上去，像个无常鬼。

她晚上还会穿着银色的高跟鞋，高跟鞋很痛苦地把这一块硕大的身躯撬离地球十厘米，接下来她开始在阳台里练习走猫步，走过来，走过去。走过来，走过去。

“楼上你能不能轻一点!”

她本能觉得是不是自己听错了，不应该啊，深更半夜哪有人！她试着再走几步，地板上咚咚地响，她用脚跟对那个地板报复性踩几脚，底下也报复性地回击。

HOW女士正在用杆子捅着，真的真的很扫兴。她正在阳台观察那个著名女教授的家，家里的东西都打包好了，唯有男人安静地坐在沙发上看报纸，难道她要搬家吗？另有隐情？负债累累？

HOW女士本能地把望远镜朝下三个格子，一个无聊的女人正

在敷着面膜，墙上挂着一幅三角板和量角器的画，天天都是躺着敷面膜，真乏味！没啥可看的！

再朝下两格子终于看到生猛的啦：一个女人双腿夹住老公的腰部，头仰面朝上，长发蓬乱，天哪！真不要脸啊，也不拉窗帘就开始干事情，HOW 女士本能地把焦距调得清晰些，可惜，那个秃顶的男人已经开始把帘子拉上，电影开始谢幕了！

再把望远镜朝向对面的楼顶，可惜什么也看不到，这个角度。这时候，夫女人正在抱着孩子，这是她和她老公的结晶，这是她能够拥有幸福的保障，现在，她最珍贵的财产就是他了，她推开窗户，月亮很美好，清澈的光发散到万物之上，像涂了一层薄薄的蛋清。婆婆对自己的态度也改变了许多。

回头说真时髦女郎，她不小心用力敲坏了鞋跟，她的高 A 货鞋子呢，明天她就要去面试封面人物呢！据说是一个老上海的发蜡广告，她这样的吨位站到摩登的上海去，上海也会沉没的，但是她不希望上海沉没，她真的很期待。她定做了一件特别的旗袍，没人见过她穿旗袍的样子，她把旗袍的古典搭配上黑色的唇膏和烟熏，日系妆容的感觉，在人群里第一眼就能凸现出来，她是爱时髦的。她不喜欢说“时尚”，她喜欢说爱时髦，好像和爱智慧一样，这是一个女人最不该泯灭的天性，人有打扮的权利，人有爱美的权利，人有追寻潮流的权利。

她把自己小时候的相册拿出来，她孩子的时候就喜欢奇装异服，母亲给自己穿得奇怪极了，可能她染上一种天性，她觉得特别喜欢有形式感的差异与对比，她喜欢绿色的袜子配上红色的鞋子，她们家是红色的床单，绿色的被子，一切都充满差异，她的人生就是反差里度过的。相册里一张她中学时候的照片，她双手高举一只小熊，高高地举过头顶，那时她 14 岁，还不像现在这么胖，以后每过一年增加一圈，和年轮一样准时，现在就成了这个样子，她是不幸的，她现在唯一的理想就是进入时尚圈，学着别人拎包的样子，她想象着那是在社交场合，和她交往的都是时尚名流，她雍容华贵，成为全场注目的焦点。

现在她的鞋子坏了，明天还怎么去面试，一切梦想都已破碎，她越想越气，她想看看楼下住的是哪个骚货，她把腿跨出栏杆，忽然楼下升出一架长筒望远镜，她啊的一声，HOW 女士呆住了，她看到一团红色的火球从头顶上直通通地往下掉，她看到一眼真时髦女郎惊恐得变了形的脸，然后一直向下落。

现在，她终于落地了，时髦轻轻地从她的身体飘出去，她的故事没开始就已经结束了。

半鳌钱

包女郎

【判】三千宠爱 尽在名包

【令】带名牌包者饮

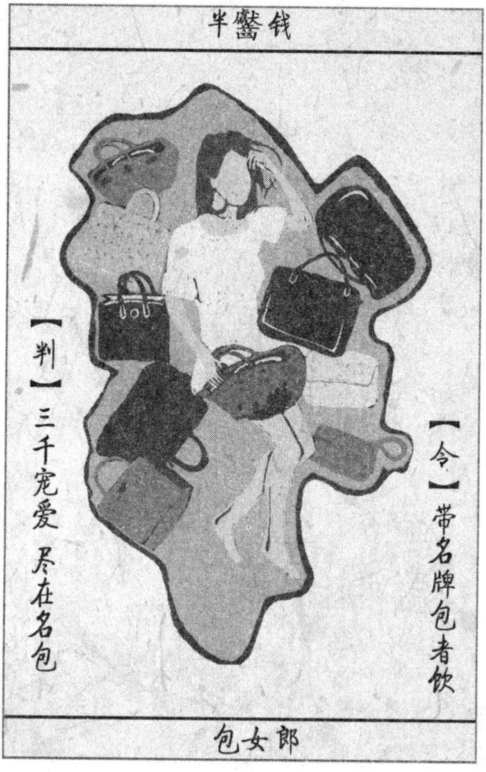
半鳌钱
【判】三千宠爱 尽在名包
【令】带名牌包者饮
包女郎

几个提着LV手袋的女人，忽然相遇，并不用余光去细看挑剔手袋，全然无睹的样子，那只是一件“物件”，仿佛见了LV图样便可以默契一笑。这只是几个近似的“身份”撞在一起了，这也并非喜欢包包女人的聚会，只是几个俗物女人的显摆。

据说发明LV的Louis Vuitton用星形、菱形以及圆形的Mono—gramme组合图案防止剽窃，这样的LV花纹被印在远去的旅行箱上，烙在参加派对的贵妇的包包上，成为女人心坎上的印记。

几个提着LV手袋的女人，忽然相遇，并不用余光去细看挑剔手袋，全然无睹的样子，那只是一件“物件”，仿佛见了LV图样便可以默契一笑。这只是几个近似的“身份”撞在一起了，这也并非喜欢包包女人的聚会，只是几个俗物女人的显摆，张太太遇见李太太，两个LV醒目地撞着，仿佛国外邮局运送的手袋他乡遇故知，主人的尊贵被瞬间提升了，只落得两个空虚的手袋。

但这好过那些提着赝品挤在拥挤地铁里的LV女人，那些女人是赝品的赝品，她们一辈子都躲在虚假的Chanel、D&G、LV、Gucci的字母底下惨白地生活，那些“LV”字母暗淡无光，逐渐退色，那些赝品被迅速丢弃，然后又开始新的赝品。那些LV，是麦地里的蝗虫。

缝纫机和雨伞的相遇，女人和包包的相遇，可能一生机会无多，有的包女人愿意花上几个月的薪水，供奉一个名牌的包包，甚至几周清粥寡菜的时光也毫不后悔，来到办公室后，拿起橡皮，在印迹上，擦了又擦，心疼得不行，这样的包女人，在生活里随处可见。

拿着Chanel 2.55的女人遇到拿Miu Miu彩条拼接包的女人，一个成熟里的一丝天真，一个斑斓里的一丝镇静，拿着Chanel希望自己做一个coco Chanel那样的女人，而拿彩色拼包的女人，多少希望有点绽开的欲望。

每一个包，都是女人的一个岛，拎着岛的人，就永远留在那个岛上。

我见到包女郎的时候，她正在哭，据说她的包被扒手划开了，钱包丢了。然而，她哭的不是钱包，而是“包被划开了”，如果扒手告诉她正准备划开她的包，她会直接把钱包送给他，只要她的包安然无恙，她是这样爱包如命的女人。

包女郎年轻的时候就憧憬着自己有一屋子的包包，可惜大学里学的是工科，信息科学技术，男生总是被厚厚的镜片遮挡，见不到女生变身的惊喜，那时候，她就喜欢包，绰号“包小姐”，她恨不得自己是千手观音，变出千百万只手来，每只手都拿得上相的包来。但女人人生的某时某刻，你适合的包，总是唯一的。

读书的时候，还不会打扮。她不知道从哪里弄来一个旧的古董包，棕红的颜色被时间洗成红海般深浅不一，包面上一把古旧锁扣，一个很薄的箱子的感觉，提到学校里，总是目光的焦点，再配上一件碎花的裙子，包的边上多了一位喇叭裤的男人，这就是恋爱了吗？这是搭配，好的男人和好的包一样，所谓锦上添花，蛋糕若无樱桃，总觉一丝缺憾。

她和他之间，总会有她的包。生硬地梗在中间，隔开一道皮具的沧海，她总会在内侧的手上提着包，他没有那个年代男人的幸运，他抓不到她的手，没有牵上那个时代的手。她带着她的包，去了美国，他没有跟上她的包。

一聊到包，她脑子会天马行空地飘过大量的观点。无非要证明她是最最属于包的女人——手袋和女人的嘴本质是一样的，轻易不得拉开。两个拎同款手袋的女子“撞包”，并无多少尴尬，倒有些英雄惜英雄的味道，不免互浮捧对方的所见略同，

这个便要去手袋里寻找速记本记下对方的联络地址，嘶的一声拉开手袋，却不小心让对方看见手袋里的避孕药和保险套，手袋里乱作一团。对方也善意地打开手袋，只见开口的夹层内，醒目地搁放着一包餐巾纸，胜负力分。看见保险套的女人，会在想，对方最近或许处于情欲的高发期，抑或正在和外面的情人私会，抑或，可能是怕艳遇的时候来不及准备吧，提着包的女人总是不惜以最恶毒的想象揣测对方。打开包，就如同打开自己隐秘的身体，对方用目光切开你的肌肤，进入你的隐秘世界。

背着包的女人开始打量对方的一切，腿不够长，背的效果不够

修身、衣服的色差不对，脸上的眼影居然和包同色，显得俗气极了，好像是你身上的皮做的，屁股太大，背上这个大包，像是化缘的尼姑——这是一场女人和女人的战争，包只是一个由头罢了。你并非见不得对方的好，只是对方太不配当你的对手了。

……

她的屋子里除了包以外，几乎找不到任何闲置的东西，那些流水的记忆，在记忆空间里的男人，都被装在这些后天口袋里面，但似乎谈过的恋爱并未在这些包里留下任何印记，

第二任男友，送了一个紫色手袋，穿着亮色的宴会礼服，拿在手掌里轻飘飘的，他喜欢她穿着旗袍拿着包，说步子走得非常小，才是东方女人的味道，她问他是不是需要有一扇屏风或者竹林，他一个劲地说我的天我的天啊，她咯咯地笑个不停，直到那片竹林在记忆里抹去。

第三任的男友并不喜欢包，却忽然有一天送了一个 LV 的箱子给她，里面空荡荡的，到她搬离他家的时候，里面塞满了自己的衣服。她一个劲地掉泪，他一直在骂狗娘养的包、狗娘养的女人，她头也没有回，就走了，他是她人生里的乌云，好在，雷阵雨前，她已经离开。

她还需要男人吗？她有天忽然做了一个梦，将男人从头颅开始剥皮，一直到脚跟，整张人皮瞬间从身体剥离开来，细心缝合出一个人皮的包，涂上亮丽的颜色，整个包却是半透明的，里面似乎有一张男人的脸，像是在毛玻璃上看见，她吓得醒过来，尖叫，整屋子的包都听到尖叫。她知道，在包面前，她失态了。

包是女人的岛，有的女人沉醉在包的亮色里，有的女人沉醉在包的款式里，有的女人沉醉在包的梦想里，那个岛，对包女郎来说，在慢慢地消失。

一文钱

香水女郎

【判】香水有毒 真水无香

【令】喷香水者饮

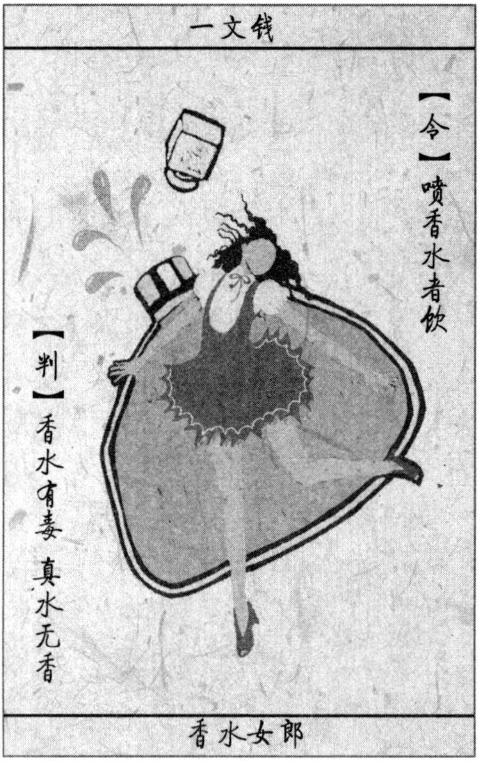
一文钱
【令】喷香水者饮
【判】香水有毒 真水无香
香水女郎

每一个男人似乎都是一瓶很混浊的香水，由各种成分构成的，并且随着它被不断摇晃来更新气息的流动。你的目标就是晃动它们，不停摇动，直到它们欲望勃发为止。

这个城市空气中弥漫着细小的微尘，随空气流动，涌入人群密集的海洋中，进入鼻孔的洞穴，她重重地打了个喷嚏，慢慢地打开熏香的灯，空气里迅速弥漫出一股香，那种灯发出奇特的蓝色火焰。

她睡前有个习惯，会在枕头上滴上一滴熏衣草精油，靠在枕头上，立刻有一种进入熏衣草田野的感觉，淡淡的紫色弥漫成一片，人被肢解成细小的颗粒，随着空气颗粒沉浮，轻飘飘的。一切变成淡紫色的梦境，她的身体就躺在那里，一寸一寸地服帖地面，最后被大地支撑，落在土壤里。

恍惚中在浴缸里滴上一滴安娜托利亚玫瑰精油，红色扩散到水波里，水变得透亮如丝绸，她浮在浴缸的中间，浴缸飘浮在房间中间，恍如梦境，也不知道什么时候苏醒，推开窗户，下面是车水马龙的都市。

香水女郎天生敏感，只要空气里的粉尘一多，就不停地打喷嚏。人的每一个毛孔都在不停地呼吸，即便你穿着衣服，还是无法阻挡这些“气息”的溢出，香水女郎似乎有种神奇的魔力，能感觉到身体边缘“气息”的流动，你坐在那里，你的胸口、裆下和腋窝，都在不停地向外冒着“黑气”，只要气味一浓，她就会本能地皱下眉头，嗅觉穿过你的牙齿，熏黄的尼古丁的气味，穿过你的耳后，一点淡淡的香水，发丝上一点洗发水的踪迹，顺着脖子，衣领上的太阳留下明净的暖味，胸口上有一种特别的混合气息，腰间腰带的皮革气，绕过胯下的隐秘，抵达地面。

每一个男人似乎都是一瓶很混浊的香水，由各种成分构成的，并且随着它被不断摇晃来更新气息的流动。你的目标就是晃动它们，不停摇动，直到它们欲望勃发为止。

香水女郎的初恋是个眼镜仔，头发上有一点淡淡土壤的气味，胸口散发出热带雨林的潮湿，他的身上有一股淡青草的香味，所以他很像是一根倒栽的葱，从头到脚散发出悬殊的气息，它是闻上去很淡，但鼻子习惯气味之后，就略有些刺鼻，他离开她的时候，也带走那片热带雨林，她觉得空气里习惯的青草气味慢慢转淡，淡到空气一下“空虚”起来，她才发现，空气如同白水。

第二位男友，随身带着一瓶 CK ONE 中性香水，从皮革的包里拿出来，对着自己的耳后喷几次，豆蔻、香柠檬、番木瓜混合的气味，一阵气息沉淀，茉莉、紫罗兰、玫瑰又升腾起来，他的味道比第一个掠夺许多，很像闯入花园的鼻子，瞬间被各种气味包围，必须一一辨清，清者上浮为天，重者下凝为地。他是她的“真理”（CK 香水的名字）。

他拎着肩包，在你的边上，她会把他想象成一个装着鸡尾酒的瓶子，斑驳得五颜六色，蓝色混杂着棕红色、绿色，绚目却不纯净，总是一种杂质丛生的感觉，有点缭乱和不受约束。他比她还喜欢打扮，衣服上的一点污渍会让他惶恐不安，他在镜子里活着，并且永生。

第三位呢？她已经回忆不起来那个味道，像是坐船进入芦苇丛深处的水汽，从地气上冒起，又开始散却，然后看到血红的残阳挂在芦苇杆上，脆弱不堪。他很大气，很开阔，他是适合陪她看日出的男人，他喋喋不休的是他的事业和发展规划，她是他的一片花瓣，随手化入泥土。

那些男人就和气味一样经久不散，又似乎根本不存在。仿佛佛家说的地、水、火、风，地的质地是假象，你觉得男人是大地，其实他是风，一下飘走，当你觉得他是风，他又开始火般地热情，水一样地柔软。

她喜欢自己一个人关在屋子里，半夜的时候，她开始将各种香水混合起来，她把那瓶香水叫做“欲望”，每次朝空气里喷洒，空气里无处不在的情欲的味道，似乎还混杂男人精液的气味，在咽喉的深处感觉到一点干渴——

香水女郎的男人就残留在芳香的颗粒里面，一粒粒地飘走，只剩下一点气味。又好像是海水涨潮，把一些气息忽然吹过来，于是你在气味里忽然想起往事，异常感伤。

她开始学着用他们用过的香水，混合了他们每个人的气味在她的身体里残留，她和他们再也很难区分，她就是他们，或者说她用一种方式和他们在一起。

她是一个废弃的香水瓶，装过数种香水，却无一滴残留。

二文钱

封面女郎

【判】封面是私人橱窗

【令】貌美者饮

到杂志的封面上，四周成了淡蓝的水，她倒栽在碧波之上，上半身已然没入，只留下修长的腿，绽开的褶皱的裙摆，一双红艳的高跟鞋，正在滑落。

她要当封面女郎了，其实很久前，她就当过封面女郎了，只不过那次，摄影师让她穿着四角肉色的裤子，用一台吹风机在下面把她的裙子吹开，他躺在下面仰拍。

到杂志的封面上，四周成了淡蓝的水，她倒栽在碧波之上，上半身已然没入，只留下修长的腿，绽开的褶皱的裙摆，一双红艳的高跟鞋，正在滑落，这幅“美人投水图”虽说只用到她一截腿，但分明已有封面人物的潜质，她喜欢芙蓉入水那一瞬的飘逸感。

从杂志的封面上看去，她像一口气扎进 360 页的铜版纸里，漂亮地纵深发展，杂志封面就如同一尊精致的佛龛，供奉出模特的 72 种变相，而只有这一种是潜入式的，一头栽到封面之上。两只红鞋，才是杂志的主题，这点，让她有些惆怅。

她还给某个房地产拍过广告，摄影师让她指着 TAXI 一招手，后来那个封面成了古院美人，但这已经不是她了。这些都是她的影子，一个模特有无数的影子，她被盗用在各色的海报上，这让她很头疼，但好歹是一种宣传。

这回杂志总算让她走写意的路线，一台老式的留声机，穿得像老上海的月份牌样子，一卷刘海，望穿秋水的眼眸，主题就是夜上海。上海的风尘似乎和北京的不同，少了些沙尘暴的干，多了点雪花油的湿，多了点夜幕的慵懒，摄影师说是夜的惆怅，感觉一团气憋在胸口，徘徊弥留，最后从美人眼中回望。

她并不知道如何找到美人迟暮的感觉，对她这样的北漂女明星来说，能找个脱衣服就可以上封面的地方，委实不容易得到的。他妈的！

封面女郎在她来看就是：上！即使吊着膀子，也硬着头皮上，这是所有眼球的爆点，和上广告一样，大量堆积在一起的杂志，清一色地印着自己的肖像，雪花一样地发行出去，每一个封面女郎红口白牙地笑着，印这些的机器和印刷钞票的机器没什么不同。这封面和罐头上的标签没什么不同，多了，人家就开始认识你了。

她的这个想法在摄影师看来很可笑！封面其实和厕所的坑位没什么本质的不同，假如你不想大号，可是你站在大号的坑上，这就说明你要大号了！假如你不是封面女郎，你印在封面上了，你就成了封面女郎，封面需要什么样的女郎，女郎就会长成什么样，粗的大腿可以修细，胸大些可以修小，连眼神都可以修得清纯些，把所有封面外边的糙点全修掉，留下一个精美的橱窗，封面女郎就是这样的橱窗女子。

他告诉她，你的气质还是很好的，你需要的是激发出内心的欲望，就好像站在留声机边上，想到老唱片上的沾满尘土，你的情人都离你而去，音乐沙哑地播放……他不知道今天会这么“文艺腔”，以往他只是告诉这个角度，45 度向上看，眼睛看这里。她忽然被这几句话吸引了，以前只听到这边吊带拉低些，这个角度转过来些的生硬的句子，忽然听到这几句柔软的句子。

以前在艺校的时候学戏剧，老师会说你顺着手指的方向斜上去，看着太阳那，秋波流转。人是用眼神来征服对方的，眼神是你内心的窗户，这些老掉牙的话从未被她记在心里，想到这，不免眼眶有点湿润。摄影师瞥见这个“啼哭的月份牌”，忽然找到这个感觉，递给她一块绣花的手绢，说拿着别动。

一张暗红基调的照片，拿手绢的女子怅怅看着外面，眼眶有一点红，杂志上加了醒目的两个字：泣红。留声机里播出的流年，能够让多少读者感动出眼泪。摄影师的电脑里有着各种各样的封面，他用描图笔给裸露的乳房画上文胸，把半截带有赘肉的腰身裁下来，换上一截清瘦的细腰，把腿拉得长些，把腋毛修掉，把脸上的粉刺去掉，最后一个个封面女郎就出现了。目光柔顺，表情柔媚，腰身挺拔，面色红润，在铜版纸上 HIGH 出亮丽的光。

拍完封面后，她就消失了。拿着封面女郎的杂志编辑正在热议着那个封面的女子：

“这期封面是谁啊？”

“一个北漂小艺人，老李做的。”

“还挺风骚的。”

“真人不行，修了一堆肉，眼袋就搞了三个小时，胸部还下垂。”

“啃，那怎么还找她呢?”

“也许没上床的时候，并不知道吧，哈哈——”

“这个视觉还不错!”

“嗯。她是外八字，开车都容易踩歪油门的女人。”

“哈哈哈哈。”

三文钱

观字女郎

【判】见字如面 内藏玄机

【令】字迹潦草者饮

她的工作很简单，好像是一个触感机器……

都在很细小的笔尖之上，很像是心跳仪器的

指针，在她的目光之下迅速被放大，开始看

到后面隐藏的秘密。

笔迹检测算职业吗？和测字有什么不同？观字女郎每天都要接到很多的电话，她听都不听，直接挂掉。笔迹检测是一门很难描述的心理学，人的字迹如同柔软的水草，或者说是你童年的灌木丛，你每天都在不断做梦的过程里梦见到灌木丛，有一天，忽然风一吹，从林里开始露出你少年时代的一张脸……

说起来似乎是一件很神秘的事情，观字女郎的任务就是看你的笔迹，记录下你的梦境，然后开始分析。她的一位顾客是一位学者作家，她分析的字很简单，是从她大量的签售本里找到的“惠存”，字写得很快，完全不是在思考的状态下写就的，最后的“存”字写得完全没有力气，用笔上似乎很焦虑，似乎写完就可以休息，非常疲惫地写成，“惠存”被写得很“扁”，似乎纸面上有一种很神秘的压力把字压扁，越是压力大，这些字迹自己越“装”作随意的样子，最后被完成了。

客人和她说她的一个梦：

她的家里全是书，书多到整个屋子都堆满了书，她和她丈夫都几乎住不下去，于是墙壁忽然出现一扇窗户，她丈夫忽然转过来，却变成另一张男人的脸，很狰狞地笑起来，忽然从窗户跳出去，不见了。她开始自己在屋子里哭起来，整个屋子都是书，都是手，都是拿着书的手。

从她的字迹上看，她的习惯里有很大一部分，一般的签名到最后一定会比前面写得更草率，但这两个字，后面的字比前面的要端正，说明她意识到自己不够“端正”，她要努力在众人的面前扮演一个“端正”的角色，她用更大的压力压迫自己，直到自己符合要求，符合所有人的期待，那是她需要完成的角色。

客人忽然抱住头开始抽泣，她开始哽咽，她觉得她似乎觉察到丈夫什么，但是她实在不愿意去面对，而且这些对她来说是根本不存在的，不存在，她希望这事情不存在！她开始大声地哭出来，完全变了个人。

她接待的第二个客人是一位未婚妈妈，她给她看了一封信，字迹很像蝌蚪一样，很像是水下的鹅卵石，忽大忽小，写字的人显然是无法集中注意力在写，她的想法涣散在不同的空间里，而且出现连笔的迹象，很奇怪前面字的尾笔居然同后面的字交叉在一起，可以看出写字的人情绪极其不稳定，被各种想法覆盖住。客人开始说梦：

她拿出听筒，似乎肚子里的男孩也有个听筒，于是他们可以对话。电线从肚脐眼里接进去，她开始听到孩子的一阵哇啦哇啦的叫声，她很开心，但马上电话那边传来一个男人的叫声，然后是孩子的哭声，那边的听筒被挂断，肚子开始剧烈地疼痛，她开始醒过来。

她开始分析，从梦的角度，你可能很想把孩子生下来，你很着急在孩子没脱离子宫前就和他交流，你很在乎或者不确定孩子是不是你的？所以出现他爸爸的声音，你刚要确定，联络就切断，你就产生一个孤立隔绝的感觉，你其实很恨这个孩子，但你又没办法，你爱他也恨他。客人忽然沉思起来，喃喃自语看着天花板。

第三位客人没有字迹，只有梦：

她梦见抽水马桶里涌出红色的液体，她不断用水冲走，那些液体有着恶臭。她去屋子里找香水，但是她要调节三瓶香水，第一瓶倒上几滴，第二瓶倒上几滴，第三瓶再几滴，香水变成和鸡尾酒一样分层，但永远界线分明，她不断摇晃，让三种颜色混杂在一起，不可能！她不停地摇晃！还是不行，整个屋子的香水架子倒塌，抽水马桶开始冒泡……

她想了一会儿问了句，你的第一次是给的谁？她想了下，第二个男友。她接着说，所以你害怕抽水马桶里的血，它是混浊的，有着道德的亏欠，你一直在调和三个男人的气质，你完全无法调和，你很喜欢三个男人，但你不知道你喜欢谁多一些，你无法决定，又无法制造出一个综合的变体，所以你很痛苦。梦里你把意图暴露出来。

她用手帕擦了下脸，问了句：真是这样的吗？观字女郎的眼睛里忽然露出一道狡猾的光。她在她耳边低声说道：你在清醒的时候时刻都在保护自己，但如果以梦来看，你还有很多很多的事情没说出来，你的第三个男友和第一个认识吗？客人开始有点惊慌。观字女郎开始说，有些事情就让它沉睡在你记忆的深处吧，不要再用香水来唤醒了吧。你呼吸它的时候，你会想起很多记忆巢穴的往事。

客人想了会儿忽然说，可能我和第三个男友在一起，完全是为了“补偿”第一个男友。

他们是认识的朋友，我很天真地想也许可以离他近些，也许还能够留在他的生活圈子里。

“那他不在乎你吗？”

“他有了新的女友，我原来是想气他，所以……”

“所以你看到他无动于衷，你觉得很失落，你失去了每一瓶香水，你再也找不到了。”

“……”她听了会儿，说，“我不想回答。”

她的工作很简单，好像是一个触感机器，在那些秘密的文字后面的心跳、手握住笔杆的力度、写字时候无意的抖落，都在很细小的笔尖之上，很像是心跳仪器的指针，在她的目光之下迅速被放大，开始看到后面隐藏的秘密。

四文钱

速食女郎

【判】开袋可食 入口即化

【令】结婚狂饮

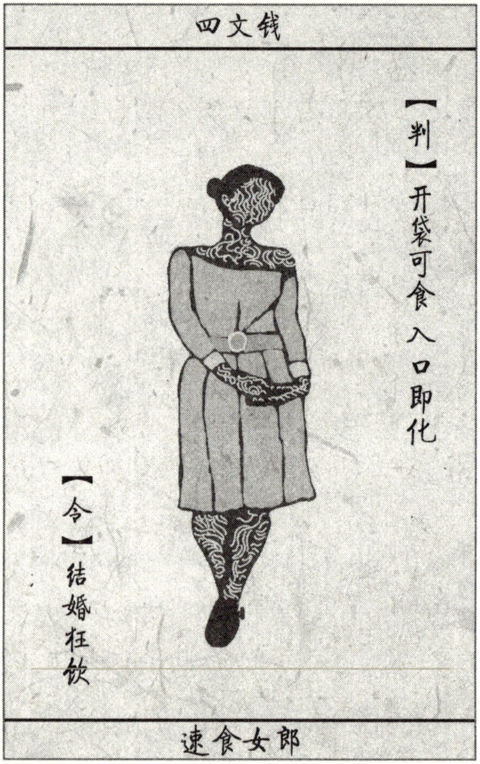

这世上，男人是分品种的：有的男人适合恋爱，有的适合聊天，有的适合上床，而有的适合结婚……现在问题出在哪儿？你的“品种”找错了，如果你挑选的是：适合结婚的“种”，早就有结果了。

速食女郎是世界上最想把自己嫁出去的女人，这么说，她就是速食面类的制品，开袋可食，入口即化。她的第一次恋爱谈了八年，白头发都有了，可惜临到谈婚论嫁，男方却撤退了，好像是赌博，你押了八年的青春，博来一场空注。一场没有任何结果的马拉松恋爱。

这世上，男人是分品种的：有的男人适合恋爱，有的适合聊天，有的适合上床，而有的适合结婚……现在问题出在哪儿？你的“品种”找错了，如果你挑选的是：适合结婚的“种”，早就有结果了，不至于八年时光，付诸东流。

她隐约地觉得，女人和男人不同，如果你是男人，多老结婚都没关系，但女人则不同，女人是一个速食产品，女人的保质期短暂，你玩不起。她已经在一个快到保质期的年龄——28岁，谈两年恋爱再生个孩子，都已经算高龄产妇，何况她可不想浪费两年去谈那些诸如你觉得我人咋样，你爱不爱我之类的话题。

她可没空等，合适就赶紧敲定下来，不行就迅速 PASS。现在国外流行 speed dating（闪电约会），很多男人和女人在派对，每一次只给对方五分钟的互相介绍，然后迅速淘汰不满意的对手，据说是因为现代社会的男女太在乎“效率”了，闪电约会，闪电恋爱，闪电结婚，一切都是高速的流水线。

速食女郎现在的问题是：认识的男生很多，可以结婚的很少，正是因为没有可以结婚的种子选手，就更激发你结婚的焦虑，你就越来越想结婚，想得抓了狂。想结婚绝不是想把自己廉价出售，而是要“落地”，中国的女人和麦穗一样，总要落地的，落地是对自己的人生一个交代，似乎和幸福本身并无关系。当然，你可以选择不结婚，一旦你想在人生里走这个过程，就不能超过界线。在保质期里迅速实现。

速食女郎认识的第一个男士是朋友辗转介绍的，33 岁，是个海员。家里比他还着急，按图索骥式的，拿着她的照片，像确认疑犯般，开始叨念，大意是我们年龄都不小了，要是合适，干脆就两家把事情定下，他好请一个月的婚假，你知道，海员经常在海上漂泊，时间上得提早申报，末了他补了句，可以带着她去船上度蜜月，去看大海。海上的日出，很美。

只有最后一句让她有点惊喜，她觉得他太实在了。虽然她也很实在，可是她不太喜欢“我们年纪都不小”这类语气，仿佛她嫁不出去似的，她是想结婚，但她不是处理滞销品，需要给自己一个尊严和契机，现在是两个提着篮子去买菜的人邂逅了。再说，她也没稀罕过海上的蜜月啊，那个大海的胸怀，是她无法接纳的。

虽然速食女郎过了看人投篮姿势优雅，就会爱上他的年龄，但她希望有个靠谱的，不是光说不练的，不是不负责任的，不是单玩浪漫的，不是拖沓冗长的，不是专门前戏的，至少大家是诚意“结婚”的，现世安稳的，大家是冲着结婚去的，至少心里要对这个结果有所期待。

这个想法在几年前会被她认为老土，现在眼角开始有皱纹了，心里也开始慌张起来。

在PARTY上认识一位不错的商务经理，笑起来文质彬彬的，似乎对她有点好感，但他似乎又是不着急结婚的那类，快四十的人，似乎百毒不侵的，街头上靓丽暴露的女郎走过去，瞧都不瞧一眼。

她试探地问他，谈过几次？他半天才反应过来，反问句：这个重要吗？她说：当然。他半天伸出四个手指，在虚空里张开来。她吐了下舌头。本能地问了句，那你还想结婚吗？他很干脆地说，正因为谈得多了，所以更想结婚。她觉得，这个男人没准——可以。

但他对她实行三不主义，不表态、不反对、不暧昧，他似乎在观望她的态度，而她呢？固然是想结婚，但不能由她来表态，这样婚后，她就掉价了。她应该是优雅的、不慌不忙的、两可的，一旦等他说出需要考虑下我们俩的事情时，她才可以做个清晰的表态，这才是淑女的态度，电视里那些用手枪逼婚的女人是不值得效仿的。当然，她只是一层很薄很薄的窗户纸，只要对方一捅破，她就立刻投降，这就是一个契机。

他看她的时候，总是微微一笑，似乎有些话卡在喉咙里，她期待的时刻来了。但他似乎又咽回去了，这样温吞的男人真是一点办法也没有，老年草食动物。

他又想说，又怕说。她想需要给他个暗示之类的，她冷不防问了句：你有没有考虑以后的生活呢？他顿了下，说，我每次都会被女人问这句话，她们都得到她们以后的生活了，唯独我没有。他说得很沮丧。她把手伸过去握住他的手，轻声说："那是你承诺得太早了。"他有点抬头纹了："早吗？"

他似乎开始疏远她了，慢慢地来得少了，短信也开始不回了。她似乎也觉得自己太着急了，需要冷却下。然后两个月后，忽然他发了条短信，说他要结婚了。她看到短信，也不奇怪，直接删除号码。听说新娘倒追的他，很猛烈，直接从二楼的窗户爬进去求的婚，现在的时代真不是她能想象的，淑女时代早过去了。

她整理短信的时候，忽然看到一条以前的短信：

和你交往很愉快，对于我这样的大龄男生来说，安全的女人是最重要的，似乎我从你的话里读出你还愿意恋爱，还愿意生活，有些意外，我已经害怕了那些虚伪的男女游戏，结婚对我来说，和家里买件古董柜子一样，品质可靠即可。看你并无实质的表达，我想可能是我不合适你，一切愉快！

天哪！她真的真的是没见过这条在半夜里发送的短信，否则她也会从二楼爬进去求婚，现在什么都晚了！NND！他为什么不电话交流下呢！他为什么不找个机会开诚布公地问问，就判断她不可靠，她忽然觉得要在黑压压的男士扎堆的堆子里找个愿意结婚的真的比登天还难。

她现在开始进征婚的网站了，她发现边上是一位中年女人带着一位可爱的女孩，中年女人很有风度地冲她微微一笑，网站工作人员把以前成功的派对录像播给他们看，一群群黑压压的人群，出现一位主持人，主持人歇斯底里地大声叫："你们想结婚吗？大声些！再大声些！再大声些……你们……难道不想……把自己嫁出去吗?!"

她把电视啪地关掉，转身就走！

五文钱

旗袍女郎

【判】宝剑蒙尘 美人迟暮

【令】喜旗袍者饮

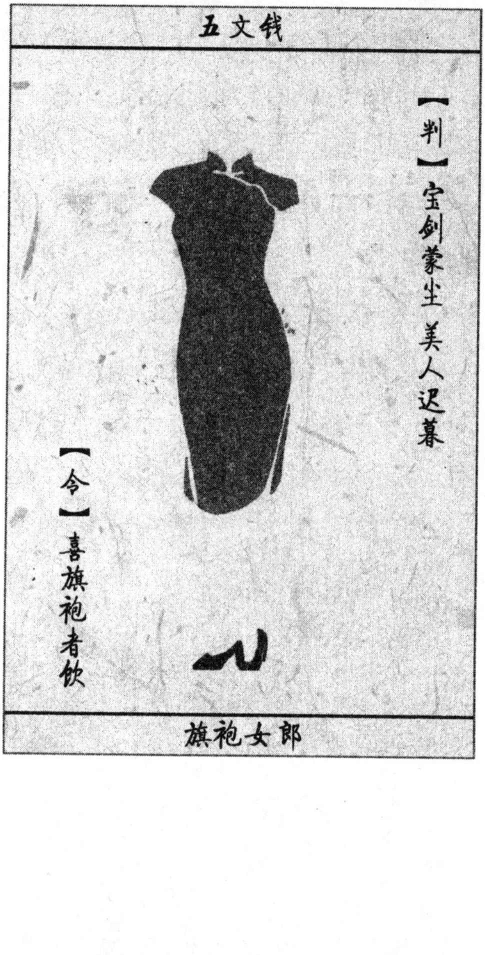
五文钱
【判】宝剑蒙尘 美人迟暮
【令】喜旗袍者饮
旗袍女郎

一杆子女博士，两杆子男博士，三杆子男教授。小学，中学，大学，硕士，博士，一口气读完外带包生孩子……两杆子男博士，除了自己那根杆子，家里还有一根杆子，至于男教授，外面还租根杆子。

旗袍女郎正在研究张爱玲的《色·戒》，她看了很多次，每次总是把目光集中到佳芝那一袭华美旗袍上，靛蓝水泽纹缎旗袍，小圆角衣领只半寸高。她最喜欢旗袍，尤其是小圆角衣领略低的，她的锁骨很漂亮，但电影里汤唯那种后背镂空的却不适合她，她的后颈到背有很多星星点点的痘斑，细心的人会透过那些“孔”看到一点一点黑点。她穿着旗袍，把高高的额头露出来，到夏天的时候，再换成松垮垮的棉麻质地的衣服，自诩为棉麻女生，一种可以让身体自由呼吸的面料，走在市声嘈杂的都市里，如同走在江南微雨的巷子里。

她每天都会用茶树精油，用药棉稀释后轻点在后背上。他在的时候，就帮她点，她脱得一丝不挂，他亦是。后背上，一点一点的透心凉。他会和她开玩笑，你背上的痘子很像北斗七星哪！有那么多吗？她不自觉地努了下嘴。

嗯，再多点可以当棋盘里的黑子了。他笑着说。

她一下翻过身来，迅速跑到镜子前，转过去照，你又在拿我开涮。

“你的背就是我的星空，康德说，位我下者，灿烂星空。”

呵呵，那你每晚都到我这儿数星星吧！她很狡猾地小声对他说，耳朵又觉得这似乎是对他的乞求。他没看着她说好的好的。她知道这只是男人的敷衍罢了。

白天她是个女知识分子，文化研究机构的活很轻，一周去一天，其余时间自己打发。一个月的钱少得可怜，但总算有个自由自在的生活。从助理研究员到副研究员，再到研究员，课题那么多人申请，经费就那么点，僧多粥少，狼多肉少。文化民工多，文化泰斗少。出不了著作，就评不上职称。评不上职称，就只好过着咸菜清粥的清贫日子，领着所里的救济粮，了此余生。

想起这些，她不免自失起来。好在有他。她想到这，又觉得他就是她后背的星子，可望而不可即。

在读书上，她是家里的荣耀，小学，中学，大学，硕士，博士，连家乡的小学都把她的照片放到海报栏，她是他们学校建校四十年，第三个女博士，前两个已经死了。她成了很多孩子的奋斗目标，但却没一点自豪的感觉，她时常喜欢给那些读书读到底的女人和男人起个绰号。一杆子女博士，两杆子男博士，三杆子男教授。

小学，中学，大学，硕士，博士，一口气读完外带包生孩子，一杆子捅到底。

两杆子男博士，除了自己那根杆子，家里还有一根杆子，至于三杆子男教授，外面还租根杆子。

所以，她内心深处是拒绝这些的，但可惜她不幸成了第三种人。像她这样风情万种的女人，却落进都市的泥淖里。每次填表的时候，她都不知道婚否这栏怎么填，已婚还是未婚？已婚，所有人都知道她未婚；未婚，那个每周过来几次的男人又是谁呢？她知道，自己喜欢他，内心里离不开他，这是她这样聪明的女人最大的软肋，所以日子变得无头无尾。

城市好像一个个密闭的抽屉，不同的女人可以在不同的“空间”同时拥有同一个男人，一三五，他在那个遥远的抽屉里关起门过他自己的日子，丈夫，妻子，孩子，三口之家；而二四六，他是她的，两口之家过日子。有时候，她好像感觉不到他的存在，好像只是遥远天边的一朵乌云，风一吹就来。云来了，闪电了，打雷了，下雨了，天晴了，人也走了。

他和她们组成一个很奇怪的“家庭”，他似乎可以施行“租赁制”，他在她们之间任意组合，那个临时的家庭却带给她极大的快乐，他来的时候，是她最开心的日子，谈哲学、艺术电影、单位的同事、职称人选，他孩子学校老师的风流史，家里那个老女人的一切，甚至他连家里那位黄脸婆怎么叫床都告诉她了，然而这并不能说明他就是她的，他只有部分是她的，部分还残留在另一个空间里。男人有时不是按理想的想法去选女人，他们在懵懂的时候就已经娶妻生子，真要离了，他怎么处理周围的环境，老婆再分走一大部分的财产，孩子归谁养，会不会影响他以后的前途……她每次想到这，说不上悲伤，也没有痛感，只有无奈。

她就剩下两个爱好，看碟。一个人躲在屋子里看日本的黑白默片，一点声音都没有，那些日本女人，面若缟素，厚厚的粉底，一滴眼泪也没有。

其次，就是买旗袍，还有一切以棉麻为质地的衣服，她不喜欢那些华丽的，只喜欢素色里带些暗纹的，用针孔镂空成火苗的样子，那是一种低调的华丽，她还喜欢高开衩的，她的拉丁舞老师说，她是把旗袍穿成拉丁舞服，既古典又奔放，她永远束发露额，即便头发稀少。

家里有六件旗袍，她时常全铺在床上，一件件，换上，脱下，脱下，换上。可是女为悦己者容，她穿给谁看呢?

她很喜欢张爱玲的那句话：生命是一袭华美的袍，爬满了蚤子。

爬满了蚤子并不可怕，女人在这个苍凉的城市里，最可悲的莫过于宝剑蒙尘，美人迟暮，英雄老去，而袍子依旧如新。

六文钱

A CUP女郎

【判】胸与脑乾坤大挪移

【令】A罩杯者饮

A CUP 其实是一种生活态度：有节制的纵欲，有矜持的自卑，有放松的紧张，有焦虑的突围，这是一个女人的心理平衡点。

如果把一个男人横过来，全世界的女人都是带着双峰的骆驼，但只有如下几种：A CUP，B CUP，C CUP，D，E，F，字母有 26 个，可惜杯子没那么多。所有的女人很像沙漠里的舟，在慢悠悠地巡视着，可惜驼峰有大有小，大的隆出一个沙丘的样子，有的沙丘还是流动着的，不停前后晃动（在你们的角度是上下摆动），而有的只有微微隆起，像一张撅着的嘴。

好了，我坐正过来说吧。从内衣商的角度分类，世间女子确是可以按杯论大小，但这里的主角只是最不起眼的 A CUP，当 V 字领、桃心领、圆领盛开的年代，A CUP 女郎只能哆嗦地躲在一角，那些领口被双峰撑起，顺着女人的曲线身上描摹，唯有 A CUP 的女人怎么也想不通，上帝在制造一个成品的时候，为什么要分出大小和型号呢？你说婴孩在哺乳的时候，会分出妈妈罩杯的大小吗？……

A CUP 女郎多少有些惆怅，虽然她很标致，很像小时候画美人像的时候，总要细心“刻”上橄榄大小的眼，细窄厚厚的嘴唇，高高的鼻子，侧面倒有几分西方女人的气质，她就是中国插花里的绣像，细瘦，楚楚可怜的，胸口只是马虎地用衣服遮过去，而忽略掉女性的隆起，一切隆起都是邪恶的，她是被描摹在那里的女子。这么说，按这张脸的配置，胸部怎么也是 C 的，所以侧面看过去，等于是西方的脸加上中国画女人的身体，这样的混搭看着很别扭。

一到夏天拍照的时候，她就略侧着身子，两只手臂使劲夹出一道乳沟来，造型师说，放松，脸部不要太僵，再放松。她一自然地笑，胸口就平原般地辽阔，那道沟壑又不见了。她所有带有沟壑的照片，脸上一定是很紧张的，而所有脸部表情自然的照片，一定是洗衣板，这让她十分沮丧。看台湾综艺节目的时候，讨论 A 罩杯美女，问那些 A 女人一个问题：你家办事的时候，你 BF 的手放在哪里？这恐怕是对 A CUP 女郎最大的嘲讽了，难道对方放在自己屁股上吗？

男友在自己洗澡的门上描下她的曲线，还是用口红画的，直直的线顺下去落下去，找不到一点女人的波动，那和细瘦的男人没有什么不同，她是一个丢失乳房的女人。

A CUP 女郎是乖巧伶俐的，她们很像是男女世界的擦边球，她会因为这点小小的不满意懊恼不已，但马上就会放在脑后。她的男友说了，一点儿都不介意。这让她吃了定心的丹药，可能男人对大罩杯的迷恋是一种婴儿恋母的情结，成熟的男人并不太在意体积的大小吧。这大概是自己骗自己的话，A CUP 其实是一种生活态度：有节制的纵欲，有矜持的自卑，有放松的紧张，有焦虑的突围，这是一个女人的心理平衡点，你总是在两种生活里游离，一种是阳光，是自信的生长与膨胀，一种是向下低到尘土里去，你就是在生活里忽上忽下地生活。

到酒吧的时候，大家玩真心话大冒险。轮到男友被问到的时候，忽然谁问了句：你性幻想的明星是谁？大家呵呵一笑，他有些为难，老实说了句：贝鲁奇。她的心咯噔一下，然后又开始平静，很像是一个小石子投入深潭……

她开始调整自己罩杯体积的大小，塞些胸垫类的东西，视觉上舒服些，侧过来，总是觉得这条胸线有漾开的危险，如同小时候的钢笔画，用手指按按就已经漾开得不行。

据说木瓜可以丰胸，她就天天吃木瓜，有一段，她的绰号叫木瓜公主，可惜没有用，总是雏鸟样的一小团。她总觉得有些硌脚的感觉，心里总有一颗小石子。

有天晚上，她和他开始做爱，她忽然问了句：你喜欢贝鲁奇吗？他忽然停下来，什么？他有些不好意思。她开始很坏地看着他，她凑过去问他：你真的喜欢大的吗？他说：什么？她打了他一掌，说：别装傻。他说：不是的，我是怕说小了给人家笑话。她扑哧一笑。

第二天，她又开始把里面的胸垫全去掉，又开始无负重地生活。

七文钱

半瓶醋女郎

【判】食醋者无敌

【令】爱吃醋者罚半杯

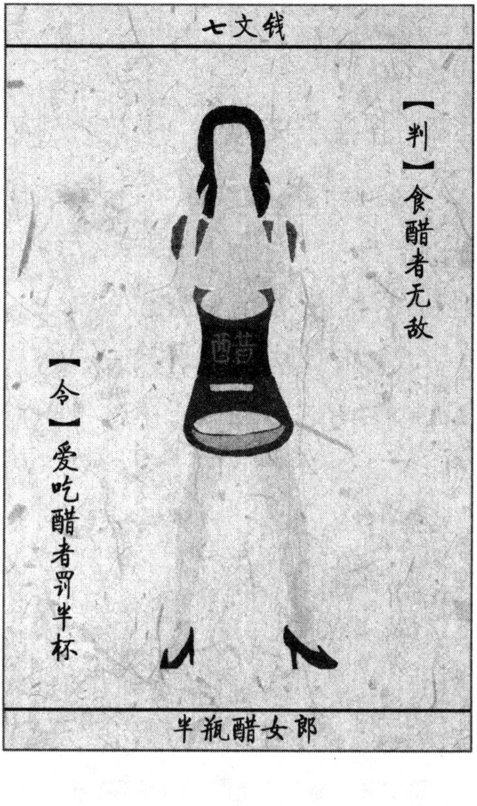
七文钱
【判】食醋者无敌
【令】爱吃醋者罚半杯
醋
半瓶醋女郎

恋爱就是互相进入，互相拥有，如果我只拥有你 45%，而你拥有我 100%，这是不公平的。女人有时候尤其在乎这个“公平”，爱情需要一个收支的平衡，不是单纯的施与与付出。

半瓶醋女郎每次开车经过那个地段时，就会对她的老公狡猾一笑，软软地来一句：你的情人就住在那里，就没什么感慨吗？她的老公并不看她指的方向，总是一句“别傻了”。但半瓶醋女郎和所有吃醋的女人不同，她是一个只有半瓶醋的瓶子，上面大，下面窄，外宽内厉。

她继续笑着说：“你和我说说她的故事吧。”

“别傻了。”

“我真不介意，都过去那么久了。”

“别傻了。”

“好吧。”她无奈地用商量的语气一摆手。

汽车很快就驶过那个男人的地标，几座白色的高楼，储存着她的男人的另一段情史，其实，他在和这位之前还谈过一位，似乎时间很短。半瓶醋女郎只不过是他的第三位，她是他迟到的女郎，在她没有出现在他的人生版图的时候，这个男人肆无忌惮地谈了一个，同时留下一堆惨不忍睹的故事，糟糕的是这些事情，他从不和她说。而她，也不是特别想知道。不过话又说回来。半瓶醋女郎把自己的第一次都交付给这个貌似老实的男人，她遇到他的时候，是一张 A4 的白纸，黄金比例的长和宽，最好的年华，这点上还是希望他也能开诚布公地告诉她一些他的往事。她会调皮地问：

“你说，我比你前头的两位如何？”

“别傻了，我没比过。”

“你就不能比比吗？”

“嗯，这个是无法比较的。”

“比比嘛，你就说心里的想法，我不介意的。”

“都结婚快一年了。别傻了。”

“你找我很委屈你吗？”半瓶醋女郎开始暴露出微微的醋意。

“别傻了，没有的事儿。”

他的嘴巴很严，你几乎很难从里面撬出什么秘密，他偶尔会说，以前我经常来这，她就会问他：“和她吗？”“和谁？”他开始装成莫名其妙的样子，“和同事。”几个男人来这里，她心里不信，她心里的那个房间装的都是他，而他呢？说不准。正是因为说不准，她不知道这醋算不算醋。莫名其妙地感伤起来，她始终无法“占领”他，他是她的高陆，她望过去，高高的一块飘浮在云端。这么说，恋爱就是互相进入，互相拥有，如果我只拥有你 45%，而你拥有我 100%，这是不公平的。女人有时候尤其在乎这个“公平”，爱情需要一个收支的平衡，不是单纯的施与与付出。

半瓶醋女郎有时候也会去他的公司，老公的女同事遇见了总会夸奖几句：

“你家先生人缘好，公司里公认的。”

“是吗？”半瓶醋女郎很欣慰地说。

“我们很多事情都多亏他的帮忙。”

“是吗？呵呵。”

“可不是嘛，他对人很热心。”

“是吗？”

有时候女人是个很奇怪的动物，尤其是这类夸奖需要有个微妙的平衡点，当他的女人太不容易了，有时候会忽然传来一个电话，一个陌生女人的声音，说他的大学同学。他和她说过，他大学里认了几个“姐姐”，但工作以后联系就不多了。她不便发作，这也是人之常情，谁还没几个哥哥姐姐的呢，何况他年轻的时候，长得面目娇小，谁还不愿意认下呢？他很尊重她，这是他最大方的一次，他拿出以前的同学合影给她看，指着照片说：这是大姐，这是二姐，这是三姐，我们可以有机会去见见。她觉得要是他都能这么和她说，她完全不介意他和那些人的交往，因为他是透明的，男人最怕的是深不见底，混浊一片。

见他的三位姐姐，她们似乎也带了家里的。大家错杂地聚在一起，中间隔着她和她们的夫，他开始很礼貌地对她介绍，这是他要好的大学同学，她很客气按照他的称呼叫大姐、二姐、三姐。空气里一片欢快的气氛，她问句：“你们最近如何？”而她们也客气地回应我们打算做什么，你们呢？

你们，这个词语，她喜欢。

三姐忽然说了句，他在大学的时候是个小不点，我们每天用自行车接送他，你问问他是不是？他朝三姐使了下眼色，那个女人完全没有意识到，她继续讲着，她没有太多兴趣听。她微笑问了句：他那时候多高？三姐用手比画了下，大家都开始笑起来，三姐说：他像个孩子，可爱的孩子。她很喜欢这句话。忽然三姐开始拍了下丈夫的肩膀：他就是个小P孩，长这么大了！大家都开始笑起来，她笑得最勉强，她非常不喜欢人家用小P孩来形容她的丈夫，但这算吃醋吗？她见不得人家和自己最亲密的人亲密，非常不适应，应该这么说。

二姐不大爱说话，老是和她的老公交流眼神，她瞪了他一眼，暗示他老实些。

大姐来了会儿就走了，好像和他们不在一个轨道的行星，总是客套极了，然而她对大姐却蛮有好感的。她觉得这样的聚会好没意思，为什么要叫上她呢？那是属于他们的记忆，和她有什么关系呢？她很寂寞。

晚上看一部电影，法国的老电影，坐在车头的绑匪忽然说了句很有哲理的话，我们是通过一棵树木来占领整片森林，是通过占领一个女人来占领所有女人。这句话，她很喜欢，她也是通过占领一个男人来占领所有的男人，这是她的宿命，想到他，她就会觉得有那么半瓶的醋，在肚子里翻滚着，她也不知道，她吃着哪门子的醋啊。

她想：把男人比喻成一堆谷子，被初恋女友分去一部分，再被童年的性幻想对象分去一部分，被他的妈妈和异性长辈分去一部分，再被所谓的姐姐妹妹分去一部分——她就是地里的稻草人，她们全是乌鸦，她要赶走她们，很难很难。她想到这些就会醋意丛生，站在他们家阳台上，可以看见那座白色的楼顶，她知道，她天生是半瓶子醋女郎，她真的受不了和那些三六九等的女人一起瓜分这块蛋糕，但是，她真的一点办法也没有。

八文钱

高跟鞋女郎

【判】鞋高一寸 接吻有别

【令】穿高跟鞋者饮

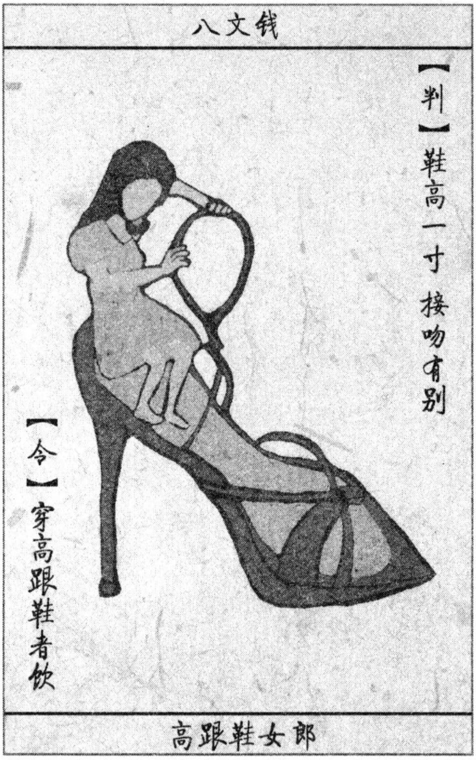

那个年代的鞋子，还中庸得可爱，既不希望你离地球很远，也不会很近。鞋跟宛如中国景物画里的竹子，清空里，一段墨，一段墨，浮于虚白之中。

高跟鞋女郎的故事发生在南瓜马车接走灰姑娘之后，世上已无水晶鞋子闪耀的光泽，所有的鞋子都安静地躺在透明的橱窗里，等待着那些最普通平凡的脚，排队买鞋。汗脚、扁平脚、香港脚、沾满淤泥的脚、灰指甲的脚、起了茧子的脚、木头做的假脚……

这世上，没有穿不上脚的鞋，只有找不着鞋的脚，到处都是走在路上的，站在车上的，摆弄着的，踢踏着的，压成O形的，翘成二郎腿的脚，发了慌地找鞋子穿。女人做梦的时候，梦到自己成了蜈蚣，一下子把囤积多年的一堆鞋子都穿上脚了，这下脚终于比鞋多了，可后面全是光脚板，冻得红通通地跺着。这样的蜈蚣，怪可怜的。

读书到毕业，她拥有的鞋子加在一起也不过几双，读的文科专业，班级里的男生少得和熊猫一样稀有，平时也常是蓬头垢面，不修边幅的，倒也不伤大雅。上学前，母亲亲自给她纳了一双厚厚的鞋，鞋底有几环的线，像几环跑道。鞋面是黑底暗花，一朵红色的莲花开在鞋面的夜色里。

只是民间常有的图案罢了，第一眼还算鲜亮，但第二眼则略显一丝俗气来，红得不够彻底，是乡下放完鞭炮，满地的红色。更何况她的脚板很大，把康庄道路都撑得显小。她穿起来，脚板一压，脚面的夜色越发大了，一朵红色的小花就开在脚上，远远地看到一个黑色的板，一个很小的，红得欲滴的点。

初恋是一个1.88米的大个子，校篮球队的队长，以她1.6米的小架子，穿着那双平底的莲花布鞋，即使把脚跟子死命往上抬拱，死命拉着他的脖子，而他，把脖颈和起重机吊大象一样后仰，也不过正好够着嘴。夜色从他鼻腔里冒出，略有些烟草味道的空气包裹着她，从上面鼻子呼到她的脸上，虽然隔得很远，但她感觉，他和她的呼吸是交错有致的，一呼一吸，世界和他们一样呼吸。她要靠着他的那腔气，他也要靠她的那腔气。接吻的目的，就是为了让两个肺连在一起。

他为她哈气暖手，呵嗖呵嗖，冬夜里老远就能听到，和小孩子在面店吃很长的拉面一样，羞得她说小声些小声些，她的手在他的手里，他牢牢将她包住，晚上的灯光将影子打到墙上，似乎她只有他一半的高度，这个男人高得可以折成两半用，两个矮女人垒在一起才够得着篮筐，但他轻轻一跃，就够到了。他投篮的那一刻，神情专注，不假思索地把手腕一拨，也不看筐，她知道那个球会高高扫过一个弧线，直接掉进筐里。她，正好掉在他的筐里。

她需要换一双好看的鞋子，为了能够得着他的嘴。她不习惯用接吻这个词。分明是她不断踮着踮着，像童话里的魔豆藤一点一点，绕着他生长，但他是个根本不会接吻的男人。他甚至不低下头，高贵地站着，只是任着她蛇一样地往上蜿蜒，他和交通警察一样，笔直地站在夜色里。

她买了双红色的高跟鞋，这回只要一踮，就碰到他的鼻子，他的视线向下45度，正好对着她的眼睛，他看着她，她看着他。他的篮球开始越打越臭，也难免的，恋爱了。这个女人，就是上帝投给他的球，他抱在手里，拍不得，传不得，投不得，他再也找不到球筐了。任她像水蛭一样喝他的血，他愿意让她喝他的血，却害怕和她接吻。

这个要命的女人，穿着7厘米的高跟鞋，鞋跟已经千斤顶般顶出一截，她还要踮着脚，疯狂地生长到顶端，她是他的爬山虎，他不过是根可怜很高的竿子。爬！爬！爬！可怜一竿月色。

她的激情让他害怕，她再也不是那个喜欢穿着莲花布鞋的女子，她的莲花消失在鞋面的夜色里，他呢？则更加可怜，他穿的是老式的塑料凉鞋，后面带金属扣的，走起路来不用担心鞋子会先飞出去，稀里哗啦，如同扫大街的大扫把。他喜欢安稳，他是竿子，她是疯狂蔓延的植物，只要条件适合，她就会，生长，生长，生长，她内心的激情，比天还要高，比海还要深。

她离开他的时候还穿着那双鞋子，红色牛皮，鞋头尖尖的，一副刻薄女人的瘦瓜子脸，鞋面上停着一只红蝴蝶扣，如同那个年代的歌曲一样：你像一只蝴蝶，飞到我的窗前。那个时代电视很多，蝴蝶很多，连窗户也多。

他呢，等到快毕业的时候，偷偷地换成军用皮鞋，鞋头上一道回归线，前面是寒带，后面是热带。一热起来，就把裤管卷起来，一长一短，远远看去，如轱辘的两个桶。或者把裤管塞到袜子里面，袜口被很粗毛茸茸的球形小腿撑开，仿佛整个人都可以装进去。

他的皮鞋，和她的高跟鞋，远远地对峙着，似乎隔着一道沧海。他的鞋跟阔大，他也不喜欢把脚抬起来，在他头顶除了篮筐和寂寞的路灯，却无女人的嘴。她却喜欢很尖很细的跟，可以像利剑一样扎进地球的血管里去。但那个年代的鞋子，还中庸得可爱，既不希望你离地球很远，也不会很近。鞋跟宛如中国景物画里的竹子，清空里，一段墨，一段墨，浮于虚白之中。

在古希腊的传说里，男子离开地面则瞬间失去法力，女子也同此理。她的鞋子钉在一小块的地面上，若有一只蚂蚁爬过去，准以为是辉煌的红色宫殿，宫殿的房顶上是一只女人的大脚板，大脚的上面还有个更加硕大的沉重的肉身。那只鞋子从此走出她的世界，她的鞋头更尖了。鞋跟也更高了，从原来的 7 厘米到 10 厘米。从此，她的男子世界也开始改变。

这个世界很多隐秘的角落，每天都有大量秘密作坊，皮革在染色液体里胀开饱满，一排排的女子围着皮革，上线，上胶，将皮革拱成形，一堆堆的鞋底和鞋跟在那里等着自己的使命，尖锥的，柱形的，梯形的，这些东西即将接受城市里女人的脚后跟，它们将女人抬到海拔不同的位置，海拔每提高一厘米，你将呼吸不同的空气，距离不同角度的眼睛，遇到不同喷着气的鼻孔，和不同位置的嘴接吻。

平底的时候，你是深海里的鱼，中跟的时候，你是半山腰的月色，高个女郎们，加一双又细又高的鞋子，云遮雾绕，空气稀薄。你的眼睛只剩下俯视深谷的距离，在一堆蓬乱的头发，一个旋子躲在密林深处，偶尔露出不同色泽的头皮，在这个高度海拔上，她，是寂寞的。

高跟鞋女子告别了7厘米的海拔，在10厘米的海拔，重新正视另外男子的眼睛。她遇到的第二位是在社交场上的，看上去家里背景不错，人挺有风度，舞技也好。她脚上穿着瘦高的宝石蓝的鞋子，鞋跟尖细尖细的。当年的红，是茶色太阳镜里的日头，红得无力却成了茶色，现在则是摘掉眼镜片就看到的海，天地由红变蓝，只需一瞬。

他穿着一双休闲皮鞋，鞋面上有着许多点点的透气孔，他的脚也需要呼吸。

他们舞步飞扬，她的脚和他的脚，像蝴蝶一样，你追着我，我追着你，她甩不掉他。他打量她的脚，冷不丁夸了句鞋子漂亮。她说累了，却停下来看着他不动。

她说人呢，怎么反倒夸起鞋子？他说人也漂亮，只是人是由鞋子带过来的。不过鞋子太高了！

她问道：怎么高法呢？

他想了下，凑到她耳边：你高到我眼皮底下，你是我眼皮底下的女人了。她看着他，不说话了。只笑笑，说，那你眨不眨眼皮呢？他说，害怕眨眼皮，睡觉都用牙签顶在上眼皮上，帘子一放，没准人就不见了。他说这句话的时候，把眼神的光不自然地移开。

她知道他心里在想什么，她说，那我就再加几厘米，就变到上面去，他笑着说，那我就很容易落枕了，整天和菩萨样地仰视着你。两人相视一笑。

他说，你听过南泉斩猫的故事吗？她说，说来听听。

他思量了下，说是从前有个得道高僧，叫做南泉和尚，有次寺庙里面来了一只漂亮的白猫，很多人纷纷抢夺，想得到这只猫，后来南泉用一把镰刀架在猫脖子上，冲大家喊："有人得到，则猫可以存活，无人得到，则猫就该死。"见大家没有回应，就挥手把猫杀了，后来他的弟子晚上知道这件事，把鞋脱了，放到头上，出门走了。南泉说："如果他白天在的话，那只猫就不会死。"

她说你真是有道的高僧，专给我讲无头的公案，这样吧，你救救那只猫吧，我给你鞋子，她把鞋子一踢，打趣地说，有人得到则猫可以存活，无人得到则猫就该死。他愣了下，说，这么高的鞋子，搁到头上，猫是活了，有人却活不成了。我把两只绑在一起，挂在脖子上，就说有人跳断了鞋跟。她呵呵一笑，这正是我想让你说的。他说，你真跳断了鞋子？她把单手放在胸前说道，是也！

鞋子高了，总有扭着脚的时候。他们的爱情在五颜六色的灯里开始，又在灯光里结束，有时候即使在眼皮子下的女人和男人，也是不可靠的，你总有打盹的时候，一盖上眼皮，等睁开，街上的鞋子都换了好几轮了，夏天，是各种凉鞋领着脚出来散步，冬天改成各号大头笨重的皮鞋、棉鞋、长筒的靴子，鞋子像动物一样轮流出来，穿它的人，可能也换了吧。

她的第三个男人，是她的老公，只有一米六九，但对外她则说一米七五，这样的男子长年被各种行走的建筑遮挡，一般都瘦弱矮小，她又偷偷地把鞋子换成中跟的，还是和那蠢物一般高，两个人偶尔抱在一起，如同两只互相喷着气的河马。他从来不看她的眼睛，她也只是低头，俯视他，看着可怜的大眼睛居然长在这么瘦弱的男人的外壳上，像黑夜里开过去的车头灯，仓皇地看着世界。

她穿的鞋子的跟也越来越矮，越稳当。怀孕的时候，又改成步鞋，这回是天下乌鸦一般黑，没有了那两朵莲花。她的身体向后倾斜 30 度，这回接吻更加困难，干脆免了。

鞋子是女人的跑车，从出生开始，跑啊跑啊跑啊，双脚是油门，心脏才是油箱，不甘心的女人把跟加高加高再加高，但慢慢又开始降下来了，等到牙齿脱落的时候，就降成布鞋，拖着一把凳子或者拐杖，缓慢地移动。等离世的时候，入殓的人把鞋子脱下来，端正地摆在棺材里面。两只布鞋，一个八字。

高跟鞋女子生命里的鞋子一双双都跑过去了，莲花布鞋跟着塑料凉鞋，蓝色细高跟鞋同有孔的休闲皮鞋……只剩她这个有脚的女人，挺着一个大大的肚子，这回，她终于回到地面上了。

九文钱

SNS女郎

【判】上班打盹 三更偷菜

【令】三更偷菜者饮

SNS 女郎就是这样的人，怎么比喻，好比你给驴脑袋前面拴个胡萝卜，它才会有盼头，才会有劲向前走。从汽车贴条开始，她就半夜出发，大量搜觅停车位，你好歹找了一件可以“开心”的事情消磨。

SNS 女郎半夜不睡觉，她想到自己菜地里的西瓜、葡萄、桃子、香蕉、草莓……那些水果需要几个小时才能成熟，到处是偷菜的贼，等你的菜刚熟了，就会冲出几个贼，一下子把你的劳动成果全部窃取，你得看着自家的“园地”，即便你再困，也得把最后的那阵子熬过去。半夜里常常会看见这样的一群 MSN 动物挂在上面，问上一句，你怎么还不睡？回答是：等着收菜，再过 20 分就熟了。门口抽上半根烟，你帮我盯着！

SNS 女郎就是这样的人，怎么比喻，好比你给驴脑袋前面拴个胡萝卜，它才会有盼头，才会有劲向前走。从汽车贴条开始，她就半夜出发，大量搜觅停车位，你好歹找了一件可以“开心”的事情消磨，对于她这样的小白领来说，这样“开心”的事情并不多。

如何形容这样开心的感觉？好像人一下空掉，空虚到可以做一些让烦恼停滞的事情，当无聊到了极点，就转化成一种快乐，因为大家都在无聊的状态，就再也找不到参照系，这就算“开心”吧，SNS 女郎就是这样的一种开心一族，房子不大不小，老公不好不坏，朝九晚五地去上班，买衣服永远去商场的专柜里去，挑都懒得挑了，对着镜子里的自己，除了慢慢变老以外，别无变化。

SNS 女郎是走在“下流社会”里的人，那些年轻时候的欲望都已经不在了，变得很像是虚无缥缈的梦境，只记得自己似乎激动过、激进过也愤青过，现在呢？白茫茫的一片，自己是天地之间的一个点，像一只萤火虫对着夜晚感叹，你能照亮自己就够了。问题是亮度瓦数自己都不够用。大家在网络上玩围猫的游戏，用一些“点”把一只猫“围”住，很像是小时候的跳棋棋盘，那些滚动的五颜六色的珠子，你努力把一只猫围在里面——来上面玩就是放松自己，不要问为什么，也不要问为什么要那么做，你开心就够了。

里面的问题也很逗：譬如有三根头发，你会怎么梳？这不是一个地中海的表盘吗？由时针、秒针和分针组成，SNS 女郎几乎要笑出来，她特别喜欢和大家分享一些无聊但有趣的问题，因为她喜欢那些故意逗乐的提问。她也喜欢在诸如我一个朋友的男人××，你们觉得这样的男人可恶吗之类的投票，大家一致地投向可以叫他去死吧。这是一个可以宣泄自我情绪的地方，你可以遇到一群的“群蜜”，这么说，社交倒是次要的，大家一起无聊地乐和一把吧。

她喜欢这样一些奇怪的人，据说有个群组叫肥皂泡女人，是一个喜欢看肥皂剧的女人建立起来的，还有类似交友启事的帖子，大意是说一个人看剧孤独寂寞，不知道有没有同类的姐妹。那个女人喜欢把自己看剧的照片发在网上，拿着纸巾擦着眼泪，边上看剧的男的似乎是她的老公，照片下写着：

那晚我和老公又重新温习了下《绝望主妇》，想到一年前他向我求婚的情景，他没有说你嫁给我吧，而是说我要的就是你！我觉得后面一句话让我更有安全感，前一句，好像“你”是一个货品，现在在港口实行例行检查，但后一句，只有敢于承担责任的男人会那么说，好像千万人里，我遇见了你，但我只要你，无论生死。我喜欢那句话的果敢！所以当时，我作出人生里一个最重要的决定，也是承诺。

接下去的照片全部设置有密码。似乎都是美剧××之类的，她觉得网络里什么样的人都存在，存在即是合理，她白天上班就开始打盹，张大了嘴巴，看看菜地里的菜夜里都被抢收了心里有一种莫名奇妙的成就感，好像做了一件了不起的事情，比起那些工作的流水线来说，这样的工作似乎还能找到自我生活的“爆点”。

十文钱

莲花女郎

【判】心生净土 口吐莲花

【令】酒吧女老板饮三大白

莲花女郎从小就爱看神话类的连环画，她尤其喜欢一个细节，一剑刺去，那些有道的仙人并不闪躲，却从喉咙里吐出一朵升腾的莲花，那些武器在莲花深处的光芒里不见影踪，那朵莲花在暗夜里开放。

莲花女郎从小就爱看神话类的连环画，她尤其喜欢一个细节，一剑刺去，那些有道的仙人并不闪躲，却从喉咙里吐出一朵升腾的莲花，那些武器在莲花深处的光芒里不见影踪，那朵莲花在暗夜里开放，她脑海里一直浮现这个影像，但那些吐出莲花的人的面孔却记不清，脸上也似乎没有任何搜肠刮肚的表情，仿佛是莲花自己从腹中氤氲而出，慢慢飘浮在暗夜的清光里，她隐约觉得自己似乎也有这样的神通，但那朵莲花宝座上却没有人，这不是她的阿拉丁神灯。

莲花女郎的酒吧开在城市里内河地段，很小，只有几张桌子的位置，一进去浓郁的檀木的味道，正对窗口的地方一个蓝得耀眼的透明鱼缸，几条金黄色的金鱼，游荡在蓝色的光里，酒吧的名字也很平庸：女人森林，像绿色的河藻一样的丛林。这是一片如何的森林，就好像你忽然到了月球去，在钢筋水泥的废墟里发现一点深绿的青苔，这是地球上最后的一点绿……那个酒吧就是城市里的青苔。

空气里播放着《心经》的声音，到了晚上，每张桌子上都放着一只杯子，里面一小截的莲花形状的蜡烛，并不开灯，墙壁上是唐卡，在烛光下有一种阴冷的朱红，像心口的朱砂痣的红。

酒吧的前面有一块硕大的广告牌，这是这个酒吧的特色，每月总会有摄影师的作品，永远是摩登女子口吐一朵莲花的黑白照片，照片上的“莲花”几乎看不清，仿佛是多次曝光形成的白色的光晕，莲花一样的若隐若无，女子的照片则丰富多彩，有带有一丝微笑的，有吸烟的，有开车的，有穿着裘皮的，但背景之后有一点“莲花”的水印，公告牌上表明：如果在此广告上发现出莲花的水印，则那天所有的消费均可以半价。所以每天都有些文艺的女人在盯着那张照片……那朵莲花，是城市女人的呼吸，微弱的呼吸。它在底片的上面形成一个莲花的造影，白色的边，黑色的流质。

看到口吐莲花的女人会飞快地跑到酒吧里，占上一个位置，在酒水单子里永远有一个很小的“口”，后面写着口吐莲花，你只需要轻轻打下钩，就可以享受所有半价的优惠，每次都有人迫切打上钩，结果那天的广告牌，很安静，没有一朵莲花。莲花是影像深处的 UFO，它飘浮在感光纸的上层，在黑夜里，当广告牌里的灯光忽然熄灭，一朵白色的莲花灯就开在广告牌的前面，像鬼火一样，女人脸上忽然出现两只绿色的眼睛——

莲花女郎最喜欢的活动是潜水，从水底向上浮的时候，一点一点地朝着波光鳞鳞的水面，一个气泡样子地漂起来，然后水泡瘪开，在水面上吐出一个大的水泡。

她两年前和前夫分的居，独自来到这个城市开了间酒吧，酒吧里总有一些不幸的波西米亚女人，分开了，复合了，又分开了。那些今天斩钉截铁地骂着狗日的男人，明天又悄悄回去和男人复合了。城市里独立的女人少之又少，她站在一米开外，面对各色男人的口蜜腹剑，她轻轻从嘴唇里吐出一朵莲花，将那些阴谋的句子挡住，把那些男人阻隔在一米之外，近不得她的身。她觉得，那朵莲花是娇羞而圣洁的。

每一个城市女人都像深海里的鱼，在她们的身体里都隐藏着一朵莲花，只是有大有小，她觉得她们在空气的海洋里游动，面对一个陌生的都市，她们有一把自我保护伞，那些莲花将刀剑阻挡，然后变得硕大，最后将男人吞噬，变成淡绿色的液体。

她年轻的时候喜欢说：我打算以后做什么？我要去巴黎，我要去东京，我要去撒哈拉沙漠，我要去……现在，她一天18个小时宅在酒吧里，剩下时间在睡觉。她见到的都是些用酒精麻痹自己的女人，需要一块明净地方的女人。

酒吧里有一幅很大的唐卡，画面中央有一朵莲花飘浮在淡青色的光里，活佛曾和她说，“开天目”的女人就会看到很多不经意的事情，看到红色莲花从嘴巴上呼出则说明有吉光普照，而有黑色莲花从嘴巴里吐出则说明有不幸降临。她确信自己可以看到那些每个人嘴巴里隐藏的莲花。

酒吧里一个穿着浓艳颜色的胖女人在酒吧的桌边上吸烟，身上无处不模仿 Beth Ditto 的衣着，全身都是波点的时装，一支香烟被插在大红的烟杆上，她深深吸了口气，从烟雾里吐出一个很大的烟圈，莲花女郎看到她在背景里吐出一个黑色的莲花。她什么都做不了，她知道，死神正在靠近她……

酒吧的边上是这个城市的内河，每天忙碌的交通让很多白领愿意坐着船去上班，当然，这不是威尼斯，她看到船头站着一男一女，男人穿着风衣，一个很笨拙的棕色古董包，边上女人一双红色的高跟鞋，往上走了一下，把男人往前一推，这下好，把包骨碌到河里去了。男人呼天叫地：我的包我的包我的包啊！女人的态度开始时是歉意，连忙问里面有些什么贵重物品，男人说没有什么很重要的。那可以赔你个类似的。男人说不用，他找人捞。这倒有些讨厌，这准是个处女座的男人。“赔你新的吧！”但男人坚持要捞——于是坐在门口的河边，女人叫了杯鸡尾酒，雇了个人开始捞包，这真是一个可怕的想法，在报纸里能从河里捞起来的就是尸体了。但是男人直直看着河面，他对女人说，你不用等了，我就把账单直接快递你公司好了，语气没任何商量。女人转身要走，问了句：“这包对你重要吗？”男人眼神从河里回过神，说：“现在不重要了。这是我前妻送我的，我一直要扔到河里，谢谢你！”

女人露出极其尴尬的微笑，莲花女人看到她的呼吸里忽然吐出一朵红色的莲花，但男人是看不到的，他依然没有察觉这个故事的开始，这是一个新的爱情的转折点，现在又开始了一段。

酒吧里的女客人喜欢玩一个老游戏，现在已经没人玩了。将火柴擦着，然后塞进嘴巴里，闭住，火柴在舌头的中间燃烧，但女人学习这个动作似乎很不雅观，一位客人如此地向她模仿，她看到她的眼睛里是一团火，而呼吸里吐出一朵红色的莲花。祝贺她好运吧，她知道，她看到的就是这个女人临近的命运，她不能说，不能告诉她，甚至自己也未必知道它一定是灵验的，但每次，她禁不住去预测这个女人的未来。

这是一个莲花的城市，她看到空气里莲花像鱼一样在游动，黑色和红色的在虚空里升起和寂灭，莲花像海藻一样游动，每一个女人即刻都被一种好与坏的命运所包裹，她是这些感觉的见证，街上走着的一位口吐黑色莲花的女人，在她的头顶之上正在落下的高空物体，这些都在改变生命的轨迹，你无路可退，也无路可逃。

她自己害怕这种“运势”，但她无能无力，她第一次见到他的时候，他正在朝她问路，她看到自己嘴巴里吐出两朵莲花，那是最罕见的一次：红色的莲花和黑色的莲花缠绕在一起，像两条蛇的交缠。

她慌忙跑了三条街，拐了三个路口，坐了四站地铁，才躲进一个经常去的超市——她以为她这次逃掉了他，结果，她还是在地下停车场遇到了。那年，她和他结婚了。两年后，离婚。

她逃不过红色莲花，自然也躲不过黑色那朵。

【候补部】

候补者，徘徊于女人森林之外，

大类庙堂四大金刚之属。

一美元

闺蜜男人

【判】众芳斗艳 我独寂寥

【令】男闺蜜者饮

他闭上眼睛，想象头脑的中央，空空的，漆黑一片，却找不到灯绳，来点亮它。他，是孤独的。

“喂，你能过来吗？能快些吗，我快死了！我是三姐。”

“唔。”他还是没有一句多余的句子，也不安慰。他在马路上拦下一辆的，就火速向老地方开去。在车上打开笔记本，习惯性地把公司的事务料理下，打几个电话。到咖啡厅的时候，三姐已经在那了。

说是三姐，其实只是大学里的三个闺蜜之一，好成手心手背了，却没有任何男女关系的成分，说是男闺蜜，这个称呼好奇怪吧。大一那阵，他只是个很瘦很瘦的小个子，头发垂髫，盖着整个额头，显出一双清澈的眼睛，或许激发女生天性里的母性，他被欺负的时候，一定会有女生从天而降，与那些欺负他的人理论，甚至不惜破口大骂。只有他，偷偷地躲在墙角哭泣。那段时间，他一连认了三个姐姐，大姐、二姐、三姐，说是姐姐，确切说是闺蜜。

三姐是一个调皮的女生，她生气的绝招就是直接朝男生那里掏裆，吓得男生并着腿躲着。她总是留个小平头，她见他的时候就骂臭小幺，来个掏裆的动作。他本能用手一挡，她开始咯咯地笑起来，等到他已经对这个姿势习惯了，连阻挡都懒得阻挡，她这次真掏着了“凤雏”，她羞得满脸通红，直说谁叫你不挡着的啊，真晦气，碰着了还要交霉运的。回头问了句，你是不是不行，这么软。他憋红了脸，站在那里。

现在三姐的头发长多了，人也温顺许多，说话还是那么口无遮拦。她会问他：你一月几次啊，他低着头“唔”。几次啊？他半天说了声，她在外地，我们很少。她眉毛一上翻：“那不是守活寡，你不用找几个消遣的人吗？都用手吗？”

他只是窘迫在那里，但他又有点喜欢她这样问他，想起以前脑海里经常有的罪恶的画面，然后像电视那样一片雪花。她只是用另一种方式表示自己的关心。

三姐今天很乖地坐在那里，眼圈还是红红的，见到他拿起纸巾把眼角的泪痕擦掉，她看着他，说你越来越像个韩国人，眼睛还会带电的。他低下头，不去看她的眼睛。她马上岔开话题。

“我给你打电话的时候心情特别不好，现在好多了。”

“你们又吵架了？”

“不，一点小摩擦，现在没事情了，我一会儿去陪他看电影。”

“唔。”他头也没抬。

“你怎么样？”

“还是老样子。”

“都做总经理啦，还说老样子。我得先走，给你点了杯你最爱喝的卡布基诺。我得先走啦!”

她忽然回头，说了句：“对不起，我刚才翻遍电话簿，也找不到一个可以安慰的朋友，就想到你了，来给三姐亲一口。”她真的在他的脸上轻轻吻了一口，他并不阻止，也没任何的反应。

“唔。”他的“唔”是咖啡杯里的糖块，它需要融化的时间，才会化开成许多的“话”来，他永远是那么慢热的男人，他说话和烧开水的道理一样，先需要备足柴火，然后在肚子里咕咚咕咚地滚开阵，最后话才会多起来。现在这些肚子里搜罗出来的话都没来得及烧开，人已经走远。

他的电话忽然响起来，一个女人很温柔地说，我刚打电话给阿三，知道你在附近，你可以过来下吗？我是你二姐。

二姐说话很像在撒娇，又有些有气无力，叫你不好拒绝。她音如其人，容貌姣好，她的睫毛很长，眼睛会说话。她会对他说，小幺，你过来给我梳个头，女生会开始呵呵一笑，他真的过去抓住她的头发，问：你要梳马尾辫还是羊角辨。她眼睛忽然朝上望，说你还真会梳啊。她用很长的指甲拨着梳子，发出很清脆的声音。她的头发像水草一样的柔软，和她的声音那般，有一种软软的质感，好像你说话的句子掉落在上面，会砸伤她。她是需要呵护的女人。

二姐和老公准备生个孩子，肚子已经微微隆起。这几天，在张罗着给孩子买辆婴儿车，她的老公矮胖，笑起来一嘴巴的黄牙，他不明白二姐为什么会被这样的男人抢走。

二姐见到他，就说，你总算来了，我要买个车子，他公司忙，我找不到人陪我。你说买个什么样子的？“唔。”他略作考虑说了句："买个长些的，到三岁还能用。"她忽然扑哧一笑，用手温柔地捏了他一下，哪有婴儿车要用三年的。她并不责怪他，倒有些装作生气的样子。她装生气的时候很可爱，脸上又像撒娇，你全然无法判断。

她告诉他，现在得给孩子买衣服、买车子、买很多必要的东西，奶粉不能吃国产的，等到肚子很大的时候就走不动了……他耐着性子听下去，他不知道她为什么要对他说这些，难道就因为他是她们的男闺蜜吗？

二姐结婚前的那天，还给他打了很长的电话。她很担心他能不能托付，他似乎还跟以前女友有联系，还把她的照片锁在抽屉里面。她在电话里很小声地啜泣着，她很认真地说，你是个男人，你怎么看？

他一边小声地安慰她，一边开导，也许是还没来得及整理，也许他以后会完全忘记这些，结婚后男人会变的，也许他是不想让你生气，才锁在抽屉里的，也许他们现在只是普通的朋友，一切都会好起来……那个晚上，电话都煲得烫手，她似乎只是要听那些"也许"的肯定，要他把答案说出来，其实，她早就有选择了，这就是女人哪。

二姐最美丽的时刻，就是自己梳头的时候，把头发束在一边，用指甲拨着梳子轻轻地拨动着，嘴里还哼着歌。你骑着自行车，远远看见她的背影，在后边拨她一下马尾辫，她很轻地说干吗呢小幺。三姐一横眉骂，小幺，信不信我把你的蛋都抓破。

他躲在被窝里，才发现自己流眼泪了。生活是一条远去的列车，所有的快乐都装载在上面，离他远去，他慢慢地离开那些曾经包围他的空气，淡淡的女人的记忆。空气被隔离开来，他也已经有了自己的妻，总是穿着职业装，大家聚会的时候，都带上家属，家属这个名字怪怪的，再也看不到姐妹的微笑，老公在的时候，二姐再也不会轻轻捏他，他们中间，是彼此的家属，一口黄牙横在中间，而她们总是在后面加个××同学，他觉得这样的称呼很陌生，甚至是很寂寞。

他看了会儿，对二姐说，我该走了。二姐说，先别走，你说我给你姐夫买件这样的衣服合适吗？“唔！”他头也没回就走了，似乎没有听见，又似乎在回答不错。

大姐呢？他似乎更觉遥远，每次节日都能收到她群发的短信，连姓名也没有的，一些异常俗气的句子。现在她开了个小的餐厅，有时也会电话他，开口还是小幺，你带些你的人过来吧。他还是那句“唔”，好像在深潭里丢一颗石子，一点细小的水的裂纹。她在学校那会儿好瘦，皮肤光滑，现在脸上全是斑，发福得让你觉得是不是这个女人，曾经和自己亲密过。她对人介绍：这是我很好的大学同学，现在是公司高管了。他该怎么说呢，他只有微笑下，迅速把头低下来。

他记得毕业那天，学校的法国梧桐树边上，他舍不得走，三个姐姐哭得稀里哗啦，他们拥抱在一起，他很喜欢她们不把他当男人的感觉，仿佛是几个好的姐妹，现在要天各一方，好在，他们还在一个城市，以后还是可以互相见面的。

他还想起有年学校的圣诞节，下面有一棵很大的圣诞树，写着：送给我的姐姐，电话××××××。那时候，她们几个高兴得手舞足蹈，这个最瘦小的男孩，在很短的时间里发酵成一个高瘦的小伙子，那眼睛里有一点淡淡的忧伤。

现在，他知道，那个岁月时光，正慢慢远离，被新的岁月所覆盖。旧的记忆已经疏离，很像法国梧桐树下面的光斑，一点明，一点暗。

他闭上眼睛，想象头脑的中央，空空的，漆黑一片，却找不到灯绳，来点亮它。他，是孤独的。

一英镑

草食男人

【判】敌不动我不动

【令】草食男者饮

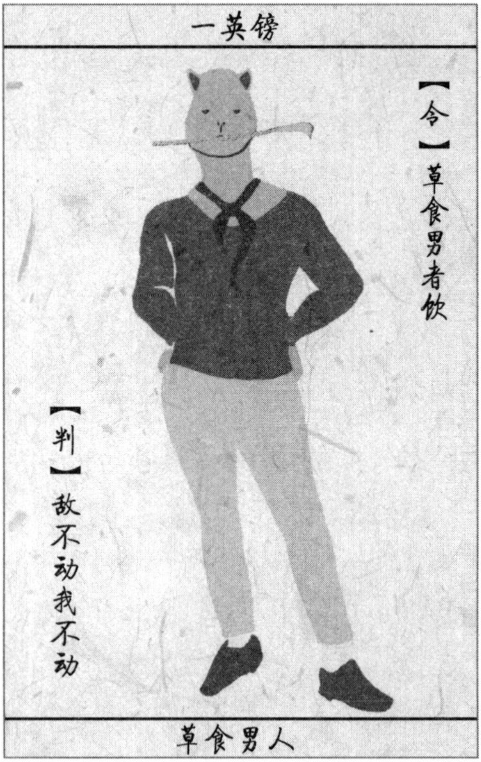
一英镑
【令】草食男者飲
【判】敌不动我不动
草食男人

城铁带走这个草食男最后的背影，其实有时候，你和草食男的距离就和……就和你和自己的影子的距离一样，你害怕自己追得太快，会把影子吓跑，你知道的是，只要不动，影子永远会和你步骤一致，然后，再慢慢靠近……

他从小就很乖，长辈一见到他的父母就一个劲地说：你孩子真乖，成天呆在阁楼上，也不出去胡闹。妈妈就干脆把阁楼的门给反锁了，他就在里面打毛衣。他学会平针和花针，一勾一挑，打出来的毛衣很均匀，疏密错落有致。

工作后的那个冬天，他自己给自己打了一条白色的围巾，在白净的脖子上绕了两圈，他的睫毛很长，远远看去，像一只小鹿在溪边饮水。碰到人家问几句：这条围巾谁送的啊？他开始只是微笑，并不答话，被反复问了几次，他说：我自己打的！听到的人大叫声：什么！然后掩住嘴巴笑着过去。有的女生眼睛一亮：你还能打毛衣哇，真是稀有动物啊！你可要教教偶哇！被人问烦了，他干脆说：人家送的！“你女朋友吗？”他一赌气：“是的。”围着的部分女生立即散开。

他的脾气其实很好，就是怕麻烦，为什么要喋喋不休地解释一条围巾的来历呢，这完全是个人喜好啊，他拿出睫毛夹，把睫毛夹得翘翘的。其实，他是个很好的聊天朋友，在你说话的时候完全不带插话，嗯那是的对的，他很耐心地等你说完，补一句：也许事情会好起来的，他用温柔的目光帮你把烦恼软化，慢慢驱散。你会很感谢地握住他的手，他却像水蛭一样脱开，把眼神转到斜上方，仿佛企求天花板漏一个窟窿，好让这样斜视不会显得很没理由。

吃饭的时候，总会有女生围过来问他去哪儿吃饭，要不一起去吧，他似乎停了下，然后为难地说：好吧。他吃饭的时候完全不看你，用筷子先把能夹的夹干净，再用勺子在盘子上咯吱咯吱“刮”干净，然后小心地送到嘴巴里去，一粒饭也不让它撒出来，然后再用纸巾把嘴巴边上的油擦掉。然后他安静地用手托着下巴看着你吃，直到你不好意思吃下去。他还在安静地看着你，这是他最迷人的时候，长长的睫毛，温柔的眼神，头发把前面的额头盖住，乖到即使这时抽他一个耳光，他也需要半天才会反应到脸上。

但他也是个很漠然的人，你想约他去看电影，绕着弯子地问他：

“据说有部××电影很不错，我这有两张票，你和朋友一起去看吧。”

“似乎他们也没什么空呢。”

“那……就给你一张，你去看吧。”

“好啊，你去看吗？”

“我？……我去看啊！”

“那我不去了，你正好和你的朋友去看。”

“我朋友也没时间……咱们一块去看吧。”

“……嗯，这个不太好吧？”

“怎么不太好啊？”女生实在受不了这么缓慢性子的人，“请你看场电影嘛！”他眨巴眨巴眼睛，勉强说了句：“那好吧，你的朋友真没空吗？”“真没空！”

等你把他哄到电影院，他一溜烟就不见了，一会儿抱着一袋子爆米花问你：你吃吗？整部电影是个悲剧，天哪，整个电影院几乎找不到吃爆米花的，连卖爆米花的都绝望了。只有他在吃，你哭得稀里哗啦的，你用手小心地捅了他一下，他会错了意，连忙把爆米花送过来。你开始无语。

他真是个很“好”的人，在女人眼里的“好”，永远是不一样的，你会很容易感觉他的“好”，但“好”到一定程度，他就好像温度计一样上不去，你不知道如何靠近他？你很紧张地和他一起坐城铁，心里扑通扑通地跳着。

你必须找一些话来寒暄下，譬如：“今天天气真的很不错啊！”

“是啊，很不错。”他总是随声应和，好像是自己对自己叹气说的。

“昨天还在下雨，今天怎么就这么好……”你也好像是自己对自己说。

“是啊，好天气不多见。”他几乎不回答你的问题，他有时候很狡猾地附和，顺着句子的肌肤滑过去。

“是啊，这样的天气心情也不错。”你真不知道怎么说了，我想找你去爬山！我要找你去海边吹风！我要你请我去看樱花！肚子里装满了想说的句子，像黏糊糊的液体糊在腹腔的壁上，碰到草食男，你要说什么呢？干着急的样子！

“几点了？”你忽然想到这样问。

“1:50。”他还是不带多余地说话，他的话有时候和斧子劈过似的，绝无藤蔓，你根本无法抓住瓜葛，你拿他没有办法。

“怎么城铁还没来，等了大半天了。”

“是啊，早该来了的。”

“……”

“……”

你最害怕沉默，你甚至听得到自己的心跳，你该说点什么呢？你开始有点不安，你忽然抓到个句子。

“你喜欢吃双皮奶吗？”

“啊？你说什么……”

“哦，我说……我说……你喜欢吃双皮奶吗？”

“哦，你说甜品呢，我还挺喜欢的，公司附近有一家不错。”

“是吗？我家附近也有家不错，哪天可以去吃吃。”他还蛮喜欢说话的似乎。

“我喜欢自己在家里吃，偷偷地吃，半夜爬起来去冰箱里找东西，我妈在睡觉，我家冰箱是个老冰箱，里面全是罐头，老鼠都找不到磕牙的东西。”

“呵呵……”你忽然觉得他并不是不爱说话，可是这时候城铁来了。

他一下挤入人群，你说了声：我有空请你吃双皮奶啊！他说：

什么?

你说：回见！他微笑回应：好的。我请你吃双皮奶吧。

城铁带走这个草食男最后的背影，其实有时候，你和草食男的距离就和……就和你和自己的影子的距离一样，你害怕自己追得太快，会把影子吓跑，你知道的是，只要不动，影子永远会和你步骤一致，然后，再慢慢靠近……

一日元

纯正爷们儿

【判】纯刚纯阳 不解风情

【令】纯爷们儿痛饮三大白

一日元
【令】纯爷们儿痛饮三大白
【判】纯刚纯阳 不解风情
纯正爷们儿

纯爷们儿从不戴发卡，他说话也不嗲声嗲气。他陪老婆出去逛街的时候，永远在打盹的状态，他不知道世界上有这样一群动物叫女人，琐碎加繁琐。只有等到叫他买单的时候，他才略有一点快感，总算可以结束了。

纯爷们儿小时候经常做的不健康的梦是：发现女人和飞机模型一样，在肚皮上有个“盖子”，卸开几个螺丝，看到很大很大的二十几节二号电池，生孩子的时候，上厕所的时候，动手术的时候，都要麻烦医生带上螺丝刀。女人身体永远是那么恐怖，却又好奇。

纯爷们儿从不戴发卡，他说话也不嗲声嗲气。他陪老婆出去逛街的时候，永远在打盹的状态，他不知道世界上有这样一群动物叫女人，琐碎加繁琐。只有等到叫他买单的时候，他才略有一点快感，总算可以结束了。

很多事情在女人看来很复杂，在他来看很简单，比如暗红不合适，可以是粉红、桃红、洋红，或者是指甲油般的红，女人可以把简单的问题弄得异常复杂，红的不行，就来绿的，凑合穿吧。穿出去，他也觉得没什么人特别地看着她，何苦瞎折腾。

他在电视台做编辑，没日没夜的，白天睡觉，晚上上班。炒些股票，白天就让老婆看着，她看着那些红红绿绿的数字，心都卡在嗓子眼里，他继续睡他的觉。

他琢磨着可以把父母接过来住，而她呢，虽然嘴上不说，心里还是不愿意，想着公公婆婆在屋子里走来走去的，她心里就会有些恐惧，说不上是恐惧，似乎觉得私人的空间被打扰了。

他搬进新家了，母亲刻意把佛龛请到家里去，每天都要打电话让他们拜一拜，他是听话的。他从小到大都听母亲的话，现在开始听老婆的话。那些关于男人的坏事，和他一点关系也没有，那些只会留在电影和电视里面。他呢？脑子里只有把日子过好的想法，多挣些钱。

他有个习惯，每周都会去买一张彩票。认识的人里有两个都中过 500 万的，一夜之间生活完全改变，连遇见的人脸上的表情也迅速改变。

虽然他并不指望着中奖生活，但万一中了怎么办？他还是会禁不住去想，万一……房子、车子和很多很多的复杂的事物，都是他无力盘算的，好在有她！他搂着钱了，就给他们花。他在电视台做编辑，打开那部陈旧的机器，操纵着各色的带子，无趣极了。老婆为他生了个孩子，总是想回去拨弄下那个“玩具”，这就是自己制造的吗？他想起来很兴奋，他开始知道自己以后的生活了，那个婴儿车就在那里，回家一定要杀鸡拜拜佛，母亲会千叮咛万嘱咐他，心要诚，菩萨才会保佑你的，他是享不得福的命，褥子太软了，干脆全部撤掉，喜欢躺在门板上的感觉。互相想到刚到北京的时候，四个爷们儿睡一间 15 平米的房子，夜半小偷从二楼窗户进去，全部人的钱加起来才丢了10块6毛，地上一把亮晃晃的菜刀，估计是小偷急了，这是一群什么样的汉子呢，只能说当时他们太贫困。

他觉得自己真是个无味的人，情人节送花，他拎着一棵白菜去买花，左手是花，右手是白菜，这就是他了，世俗和礼貌的混合体。那些“礼貌”的男人，送你东西是因为全世界都送，所以自己不送倒觉得有些理亏，他是知道“礼”的，但并不想知道女人。

这么说吧，如果女人是一片森林的话，他的老婆和母亲都在森林里面，但是他永远在森林的外面，他是进不了森林的守林人。纯爷们儿是这片女人森林的护林人。

一卢布

蓝颜男人

【判】红颜如水 蓝颜似梦

【令】蓝颜知己者饮

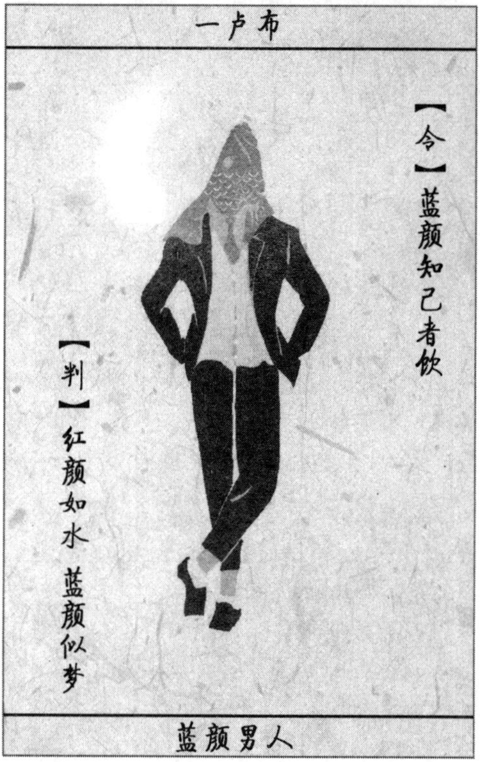
一卢布
【令】蓝颜知己者饮
【判】红颜如水 蓝颜似梦
蓝颜男人

据说爱因斯坦的相对论里说，人要顺着火车的铁轨方向睡，时间就显得漫长，逆着铁轨睡，时间会过得相对快些。不知道是谁发明这个道理的，课本上也画着一列火车，他天天逆着火车的方向睡觉。

蓝颜男人是一抹油画上的蓝色油彩，他的衣服也是灰蓝灰蓝的，在火车上当列车员。总是在纵向的线上行走，不停有人会问，火车几点到站或者现在几点了。他一律微笑地回答，似乎这些旅客很快就会消散，又换上一批新的旅客，或者用“过客”来形容更加贴切，总是在人流里行走，唯独自己是火车的主人。

每次到这个站的时候，他会本能地看看窗户的外面，其实——没什么。

大学的时候，在学校里认识个小妹妹，更像是谈心的朋友。现在能记得的只剩下脚踩在落叶的道路上，把叶子踩碎的沙沙声。女生也没说过任何喜欢的话，只是喜欢聊天，只是喜欢和他聊天，不开心的时候总是拉上他。那时候，她穿着天蓝的衣服，像海水一样弥漫开来。家里的弟弟不听话，惹父亲生气了。父亲不希望自己在很远的地方工作了。自己不知道未来能做什么呢？……她把他当成一个辞典用，只要有不开心的，就问他。他呢？并不指教她如何，每次发表完意见，总是补一句：话又说回来，我觉得他们也有他们的道理。她急得跺脚，说到底都有道理，就我没理了吗？不问你了！他是个天生的老好人，说话稳妥慎重，像是垫桌子的垫脚，确保丝毫不动，安稳如山。那句“话又说回来”就是个垫脚。但她需要这样一个人，像个大哥哥，帮着自己参谋下，可是，又不是那样的“朋友”，很奇怪的感觉，像空气一样，失去的时候会特别“空缺”，而在的时候，又嫌他烦人，不够干脆，他是个中庸的筒子，没有他，她早就草率任性作出很多的决定。

他毕业的时候，她给他留言：谢谢你的开导，你是我人生的拐杖。字写得歪歪扭扭的，和她人一样，没长开，小小的个子，乌黑的眼睛，她似乎哭过，不让他看出来。她马上就要离开她的拐杖了。他和她说，你还可以电话找我。她说，不用了，电话很贵。他眉头略微一皱，她嘻嘻地笑出声来，像男生一样拍了下他的肩膀，说，放心吧，我还怕你嫌我烦呢。

毕业就去了火车上，天天咔哒咔哒地响。据说爱因斯坦的相对论里说，人要顺着火车的铁轨方向睡，时间就显得漫长，逆着铁轨睡，时间会过得相对快些。课本上也画着一列火车，他天天逆着火车的方向睡觉。赶上夜半火车掉头，他也掉个头，继续睡。希望时间快些过去。每个月的最后一星期，火车经过那个站，她都会来看他，带一些土特产。他也不看是什么，在火车快走的时间里聊聊天，停站一刻。她有说不完的话，她和他说，她恋爱了。他微微一笑，她用手比画，没你那么高，比你要瘦些。他问了句，你们几时结婚？她说啊，才认识不到两个月。他说，年纪不小了，该结婚了。她说：呸！你才该结婚了呢！他说：我是很想结啊，你帮我物色个如何？她连忙点头，说叫她来这里等你是吧！他忽然很惆怅起来。

半夜在火车上睡不着，他第一次改成顺着火车前进的方向躺着，耳朵边咔哒咔哒地响着，一会儿成了咔哒咔哒——想起很多的事情。她经常损他是块手表，外国的外壳，国产的机芯。看起来蛮吸引人的，可惜——这话还是挺伤人的！

结婚后，她来的次数也比以前少了，忙着一堆的杂务，还是会不时电话骚扰，她打电话的时候也不说我是谁，电话里第一句就是我有些不太开心。他又开始很漫长地分享着，要是手上没有特着急的事情，他就逆着坐在火车上，和她聊天。

现在似乎连电话也不多了，也许她很忙的样子。他走在火车的上面，忽然看到一位穿着蓝色羽绒服的女孩，就多看了几眼，好像要努力把她从人群里辨认出来，可惜不是她。他匆匆地走了过去。

她没有来。这一站的时间真的很长，火车似乎不太愿意走，她就躲在这个小城的里面，也许他搜上一圈就能搜出来，可惜他不想那么做，半天，火车终于缓慢地开走，他忽然看到远处有一个蓝色的点，慢慢朝这跑过来，停住。电话开始响了，他没去接。

算了吧。他觉得这样的感觉很累。真希望火车以后能绕开这个地方，他还是逆着火车睡觉，半夜里梦见时光倒流。

牌法：了解『女人森林』的规则

一种女人酒牌游戏的设想

酒牌又叫叶子，起源于唐代的叶子戏，至明清时代大盛，是古人饮酒行令以助兴的工具。类似我们今天的纸牌，牌面上有人物版画、题铭和酒令，行令时抽牌按图解意而饮，以令劝罚，活跃气氛，读图解语，观察世道。

酒牌的大小，有的说是“宽 3 寸许，长 3 倍之”，最典型的特征是要“绘故实”，写点历史典故于其上。上从“半鼞钱”一直到“万万贯”“无量数”的牌目，而且早期多数是以“钱财”故事为主题的组画，到万历后流行起了《水浒》故事牌，若陈老莲的《博古叶子》、任熊的《列仙酒牌》和万历无名氏的《酣酣斋酒牌》。

大概的玩法根据记载：若在一个石盘中，盛鱼牌 40 枚，牌上刻写不同的鱼名及诗句，然后用一长竹竿，系红丝线，由与筵者钓起鱼牌，录事据牌上字句施行劝罚。一般酒牌的构成由令面、令词、令则三部分内容组成，而玩法多以抽取为主。

我想到用酒牌这个古老而摩登的模式来打捞女人的“色相”，所谓：女士、女人、女子、女郎皆是方便之名。女士有女仕的味道，职业女子的“仕”，而女人则多为“人”的一面，劳碌而有所牵挂依附，女子为心中存一点执着、一点理想束缚的人，女郎则为自由的一代，更加浮泛在消费的洪流里的摩登一代，女人和女子则多少“有待”矣，有所依赖感，这或许是女人最大的弱点，而女郎则总体上从“有待”里逃逸出来，更加自由地活着，但另一方面，她们又进入新的一种依赖的系统里去，这是一片关于女人的森林，枝叶繁茂。

我用到简单的“定语+女人”的限制，如包女郎、卡女人、醋女郎、一键通女人、狗女人、欢喜佛女人——代表某种物质或精神的“制约”，制造成各种符号状态下的女人，它们代表着女人在不同空间和时间里的“情态”，比如我写的乌龟女子、螃蟹女子和孔雀女子，分别是活在纵向时间和活在横向比较空间、活在审美瞬间的女人，一键通女人是机械时代女人的安全感缺失，欢喜佛女人则代表女性欲望的压制。纸牌名称就是物质女人的镜子。

你可以任意抽取式地阅读，也可以按照纸牌上的页码任意阅读，这就和你人生的状态一样，你可以完全不理会其他人生活，也可以在不同生活状态里流转，决定女人命运更多来自一种观念，至于这些酒牌，似乎可以作为现代白领交际生活里的游戏。似乎可以像杀人游戏那样的规则去玩，我自己草拟了一个初步的游戏规则。

女人森林酒牌的规则

原理其实和大众流行的杀人游戏一样，有一群相识的朋友（最好是有熟悉和不熟悉的）。基本的形式为：

【指证】：指出最符合酒令特征者。

【爆料】：适合于关系近的朋友爆料证明对方。

【陈述】：努力驳斥对方指证，说服大众转移注意力到他人身上。

【投票表决】：按照指证人的顺序投票，选取大家印象里最符合酒牌特征者。

下面分别说说几个注意点：

【指证】：众人围坐一圈，由一名判官（主持人）手握酒牌，掷色子选中一人，开始抽取出一张，由抽取者大声读出牌名、判词和酒令，由抽中者为顺或逆时针开始【指证】，即根据自己的印象或者判断指出群中谁具备特征，譬如【令】不靠谱者饮（切记：在虚拟牌局里，你具备不具备并不重要，重要的是在别人眼中的社交印象），顺或逆时针指证。若无此特征的人，则可以弃权。重新抽牌开始。

【陈述】：然后给每个【嫌疑人】开始【陈述】（一分钟以内），目的是辩解，企图改变大众对自己的错误印象，重新建立自己的社交形象。

【爆料】：而与其关系接近的朋友可以随时【爆料】，透露一些此人的花边新闻，爆料可以真真假假，目的是为了说服大多数人相信自己话的事实，但爆料者需要为自己的【爆料】负责，一旦爆料对象并非最后投票选出的对象，则爆料者也需一起罚酒。

【投票表决】：最后由判官提醒谁具备酒牌特征，举手投票，得票高者饮。

酒牌对社会交际的模拟

用一种娱乐化的方式来虚拟现代人的社交困境，这正是这套酒牌发明者的理论，社交有三个关键需要反思：如何获得对方的信息（交流），如何隐蔽自己的信息（隐蔽），（说服）这套酒牌的交际基于最简单的几条社交准则：

有时你是怎样的人并不重要，重要的是，多数人觉得你是如何的人。

多数人对你的印象意味着你的社交成功与否，同时结果也意味着你有无改变形象的商榷。

爆料、陈述和反驳、投票表决构成人际交往的内在判断，其实酒牌社交就是虚拟人际关系的建立。

“为什么我每次玩的过程里，选择‘不靠谱者饮’者都是我在喝?”面对这类问题，可能你在周围朋友心目里就是“不靠谱”的人，一个亲近朋友忽然爆料，起了很多关键的作用，立刻让周围交际圈“判断”你为“不可信任”的，这其实就是现代人的人际圈的复杂，你不可能了解每一个人，你对他人的判断往往是根据一些间接的或周围亲近的朋友的无意爆料，这就是虚拟的交际原则，譬如一个意见领袖的无意透露的信息，一夜之间让你改变你对熟悉朋友的看法，你改变对他的印象，而在游戏里，你最关键的要说服大众信任你，这考验着朋友的信任度，是信任感的体现，所以归咎起来，这副酒牌的玩法里透露出人际的规则。

【信任感】：你要在游戏里排除一些假话，相信一些真话，谁可以信任？谁不能信任，这是现代人人际关系里最复杂的一环。

【公信力】：每个人的公信力是有等差的，所以你对朋友印象越准确，你越会在游戏里增加自己的公信力，增加你自身评价的客观度。

【说服力】：你需要说服大众相信自己，需要反驳一些对自己不利的爆料。

【混淆力】：与说服力相反，你需要混淆大众的错误印象，最后产生一个错觉。

【社交形象】：多次投票选出具备统计学的概率，意味着你在朋友心里的社交形象。

改进酒牌更合适你的交际圈

在酒牌上为什么要分虚和实的词令，譬如【令】带名牌包者饮，可以马上判断出来，一目了然。而【令】家有宠物者饮，则可能需要一定程度的了解，指证者记忆或者略有模糊，再至【令】唯夫命是从者饮就需要对此人非常了解，大部分人都是靠交际的第一印象去判断人，指证者凭个人印象和对真真假假爆料的听信，最后投票得出的是你的“社交形象”，对于那些经常爆料假消息的人，他的社交形象显然会越发糟糕，这里涉及的人与人的“虚拟交往”，一方面要保证自己的公信力，另一方面要有超级的说服力，包括说服大家听信自己的意见，辩驳自己的公众印象，当然，你也可以专门散播和爆料混淆一切，这样的牌局和社交交往圈没任何区别。

你会意识到社交的最大的定理在于：你需要在一个可能不稳定的交际圈建立稳定的社交形象，重要的是你在大家的心里是怎样的人，它决定你社交的成败。

可以根据职业的情况，将酒牌里的一些判断改成适合的“令”，比如无事忙者饮、嫉妒虫者饮、败犬女王饮、走下坡路男人饮，这些模糊的“印象”，可以通过游戏社交的方式，清晰地了解你在“团队”里的社交形象，最后慢慢改进，达到社交的重新审查，这是这套纸牌的一种新玩法。

后记 迷失在女人森林

了解了基本规则【牌法】，看到【牌相】（小说），很多人仍然不很明白这副牌给你人生的价值，牌法若佛家所谓，一切有为法，如雾亦如电，应作如是观，牌相是所有女人的“变相”，也可能就是你在人生牌局里的角色，幻化出几十种变相，下面从一些关键词来看。

社交的潜规则

印象社交

女人森林纸牌认为决定你在一个“圈子”社交成败的不是你的性格（人格），而是你的社交印象，假如你在 A 圈子被大家都认为是个性软弱的人，你自然也会被关键人物——老板认为具备以下潜质，游戏假定了“他人即是地狱”的社交环境，你要随时警惕“朋友”的虚假爆料，你要说服大多数的人，你是如何的人，而并非如何的人，你的目的就是争取大多数的人信任你，这种“公信力”一旦建立，你则可能在下面的游戏里获得更多人的信任，而那些恶意爆料的人，则会失去大众信任。在社交的圈子里，请务必牢记：当所有人都说你是白乌鸦，即使你是黑乌鸦，你也得认为自己是白乌鸦。

社交层次

人类发明了社交这个词语，但任何社交都是时间的艺术，你要完全了解一个人是很困难的，社交的过程和你在牌局里的体验一样，比如【带包者饮】和【文字工作者饮】，你发现很多酒令分为三个层次【事实】——【印象】——【性格】，事实能一目了然，印象则分为关系的疏远与亲近，当所有周围的人都说他“无主见”的时候，你还依然可以坚持自己对他的判断吗？人类的判断系统（印象系统）是脆弱和容易互相干扰的，所以【好色者饮】这类的句子，你能判断或许只是第一感觉的印象，假如有“朋友”忽然爆料他的一件好色的小事，则马上可能改变众人对他完美的印象，虽然你可以认为爆料本来就是虚假的，原则就是：为了保护自己，你需要一些可以扭转对自己不利的爆料，转移大家的注意力。

自我爆料

假如游戏里抽到的牌是你喜欢的，诸如【纯爷们儿饮三大白】，你可以自我指证，我是最具备纯爷们儿特征的，可能大家哈哈一笑，真的开始按印象“筛选”则依然会根据他人爆料多些，因为自己过度强调反而会引起反感，所以在女人森林的牌阵里：请一定要赢得他人的信任，而不要过度轻信他人！

公信力

你现在知道“公信力”的重要了吧，你需要尽可能争取到更多的人相信自己，你要培养起自己良好的社交形象，你要尽可能隐藏自己的私人信息，你一旦有了良好的公信力，你甚至可以无须“辩护”，大家依然会觉得你说的是对的，所以在社交里“沉默”可能是你的一种技巧，以退为进，低调的人可能比喋喋不休的人更容易赢得大家的信任。

隐私信息

了解一个人的过程会连带去了解他的信息，诸如【卡爆族者饮】，大家自然会在脑海里搜索一个人的消费习惯，一些印象里的小事则会被重新审视，熟悉的同事的爆料则加深你对一个人的信息的交流，职业、身份、消费习惯、人格的某些特征（好色、多情、性子慢、喜攀比），如果玩牌的人有一定层次感：熟悉、一般熟悉、陌生，则游戏会更加微妙而有趣。

多选一原则

在游戏里，除了明显的事实外，其余的原则都是多选一，大家投票选出“最具备特征的人”罚酒，但诸如【喷香水者饮】这类，则根据事实，若无一人喷则直接跳过。

女人的人生哲学

在玩牌的过程，我们可以领悟到社交的潜在规则，而在牌面上你能看到女人的“人生处境”，换句话说，我以为一个好的关于女人的人生哲学，一定不是静态的，是每一张牌在和整体的比较里领悟到的，是树木和森林的区别。

生活场

牌阵里有【孔雀女子】【螃蟹女子】【乌龟女子】，这三张若为一组的话，你可以清晰看到，有的女人在横向比较里失去快乐，有的卑微却很自在，有的永远在瞬间的记忆里活着。哪一种好呢？在牌阵里，没有好与坏，有的只是命运的选择，“生活场”是女人的精神移动的空间，如果你只是在横向比较（攀比是通俗的说法），你会更积极主动，也会更加不快乐，生活场是描述女人的空间。

控制感——依赖感

在我的牌阵里，有很多企图掌控自己生活的人，比如【一键通女人】，她企图获得一种很简单的开关控制感觉，得到一种尽在掌控的生活，【两生花女人】是梦想之花与现实之花的远离，【招牌女子】从来没有控制过自己的身体，控制感和依赖感是每一个中国女人的“两极”，诸如【夫女人】这类完全没有“主体感”的女人，她依然可以过得幸福，她认为自己的快乐和老公是完全一体的。

当我们无力控制一切的时候，一切依然在走动，女人是一种摇摆不定的动物，当你对男人完全没有依赖感觉的时候，女人会如何呢?

物质女人——精神女人

其实，消费潮流让女人更加物质，但未必物质女人就没有精神的生活，即使如同【包女郎】【香水女郎】【真时髦女郎】那类准物质的女郎，在物质后面也有她们精神的痛感，女人是最容易迷恋的动物，但她们并非简单地拜物，【房女人】【卡女人】是不是能代表我们时代的物质女人呢？在物质枷锁的链条里，得不到喘息，而不能如【孔雀女子】那样肆意飞扬，人生奇妙的地方就在于此，我发现我异性的朋友里，物质会更加物质，而精神的会更加不靠谱，但大部分的女人，是多张牌的气质混合体。

幸福感

从这些纸牌里，你能看出谁是最幸福的吗？用我当年学工科的术语，幸福不是个系统的参量，你无法比较幸福，对每个人来说，幸福都是自给自足的，【填词女人】的幸福在于找到一个属于自己的古典世界，【机车女子】很像高木直子笔下的主人公，她害怕孤独，却依然可以在浴缸里放声歌唱。【欢喜佛女人】是一个丧失性福的女人，她的幸福感倒未必是简单的身体满足，她需要的“性”其实是对枯燥生活的抵抗。

外来的男人

纸牌里尤其设计了四张外来的纸牌，四个外来的【和尚】，他们都不足以代表男性的世界，倒更像被女人同化的男人，如果你像纯爷们儿那样，你永远进入不了女人的森林，在玩的时候可以把他们剔除，也可以让他们掺和。

以上其实就是我自己在牌与牌的流转里比较的感悟，每个人在牌阵里都会有不一样的感觉，如同《天龙八部》里的“珍珑棋局”，你获得的同时也会失去，你可以和我获得完全不同的感悟，这取决于你的阅读次序，阅读的心情和你周围朋友圈的女人，和天气一样变化不定，在牌阵里流转不息，这就是我们时代的女性社会。

2010年5月1日

林中女巫
【判】
身在发福不知福
【令】
获得一次罚酒豁免权
夏娃Eve